Memoiren

고려대학교청소년문학시리즈 006

Memoiren

하인리히 하이네
김재혁 옮김

회상록

고려대학교출판부
KOREA UNIVERSITY PRESS

차례

1

eins

처음으로 사랑하는 사람은

처음으로 사랑하는 사람은,
비록 불행하다 해도, 신이라네.
하지만 불행한 사랑을
두 번씩 하는 사람은 바보라네.

나는 그러한 바보, 사랑을 받지도
못한 채, 또 다시 사랑에 빠졌네!
해와 달과 별들이 깔깔대고 웃네,
나도 따라 웃으며, 죽어간다네.

사랑하는 이여, 나는 정말이지 내가 구경꾼이나 희생자로서 직접 경험한 내 인생의 기억할 만한 일들만을 가능한 한 꾸밈없이 충실하게 서술해 보려고 노력하였습니다.

그러나 내가 마음내키는 대로 '회상록'이라고 제목을 붙인 이 수기를 나는 절반가량이나 다시 파기하지 않을 수 없었습니다. 그것은 한편으로는 나의 가문에 대한 고통스런 고려 때문이었고 다른 한편으로는 종교상의 주저감 때문이었습니다.

그 뒤로 나는 그 결과로 생긴 텍스트의 공백을 되는대로 다시 메우려고 무척 노력했습니다. 하지만 나는 나의 사후에 남을 의무나 자학적인 권태감 때문에 나의 이 회상록을 죽기 전에 어쩔 수 없이 또 다시 소각하게 되지 않을까 두렵습니다. 그리고 또 소각을 면한 것들조차도 결코 세상의 빛을 보지 못할까 두렵습니다.

나는 나의 원고의 보관을 맡고 또 원고와 관련된 나의 유언을 집행할 친구들의 이름을 대기가 조심스럽습니다. 그것은 내가 죽은 뒤 한가한 독자들의 요구에 그 친구들이 시달림을 당하다가 결국 나의 부탁을 충실하게 이행하지 못하는 결과가 생기는 것을 바라지 않기 때문입니다.

나는 지금까지 한 번도 그와 같은 불성실을 참지 못했습니다. 비록 단 한 줄이라 할지라도 작가 자신이 많은 독자를 대상으로 쓴 것이 아닌 것을 세상에 알린다는 것은 허락되지 않은 비도덕적인 행동입니다. 이것은 특히 사적인 용도로 보낸 편지들에 해당되는 말입니다. 사적인 편지를 인쇄에 부치거나 출판하는 자는 경멸당해 마땅한 배신을 저지르는 것입니다.

사랑하는 이여, 나의 이 같은 고백으로 당신은 이제 금방 아시겠지요. 당신이 원하신다고 해서 내가 당신에게 나의 회상록과 편지들을 읽어 보도록 허락할 수 없다는 사실을 말입니다.

하지만, 당신의 호의 앞에 늘 하인임을 자처했던 나로서는 당신의 뜻을 무조건 거절할 수는 없을 것 같군요. 그래서 당신을 향한 나의 호의를 증명하기 위하여 나는 나의 운명에 대한 애정 어린 관심에서 우러난 당신의 애교 띤 호기심을 다른 방식으로 만족시켜 드릴까 합니다.

여기의 이 글들은 바로 그런 의도로 씌어진 것입니다. 여기서 당신은 당신의 호기심을 끄는 나의 선기적인 사실들을 얼마든지 발견할 것입니다. 중요하거나 특징적인 일들은 빼놓지 않고 모두 충실하게 기술하였습니다. 그리고 외부의 사건들과 마음속 생각들의 상호작용은 당신에게 나의 존재와 본질의 내용을 알려 줄 것입니다. 나의 마음의 껍질이 벗겨지면, 당신은 나의 마음의 벌거벗은 모습을 볼 수 있을 것입니다. 거기에 보이는 것은 오점이 아니라, 상처들입니다. 아! 그것도 적들이 만들어 놓은 것이 아니라, 친구들의 손이 만들어 놓은 상처들입니다!

밤은 고요합니다. 창밖에는 빗방울만이 지붕을 두드리고, 가을바람이 스산하게 신음소리를 흘립니다.

이 순간 가난한 병실은 쾌적하리만큼 은밀하여, 나는 고통도 없이 커다란 안락의자에 앉아 있습니다.

그때 문의 손잡이가 움직이지도 않고 당신의 사랑스런 모습이 안으로 들어옵니다. 그리고 당신은 나의 발치 쿠션에 걸터 앉습니다. 당신의 아름다운 머리를 나의 무릎에 얹고 나를 쳐다보지 말고 들어 보세요.

당신에게 나의 옛날 이야기를 들려 드릴 테니까요.

가끔 커다란 물방울이 당신의 풍성한 머리칼 위로 떨어져도, 그냥 그대로 계십시오. 그것은 지붕의 틈으로 새어 들어온 빗방울이 아닙니다. 울지는 마시고, 그저 말없이 나의 손을 꼭 쥐어 주세요.

2

zwei

눈부시게 아름다운 오월에

눈부시게 아름다운 오월에
모든 꽃봉오리들이 피어날 때
이 가슴속에도
사랑이 움텄다네.

눈부시게 아름다운 오월에
모든 새들이 노래 부를 때,
나는 그녀에게 고백했다네,
나의 그리움과 갈망을.

수천의 인파가 모자를 벗어든 채 공손히 무릎을 꿇고서 은총의 말을 고대하고 있는 북적대는 광장을 내려다보는 교황의 마음은 숭고한 기분으로 가득 찰 것임에 틀림없으리라!

궁중고문관 모리츠가 쓴 이탈리아 여행기에 지금 막 나의 미리에 떠오른 것과 같은 장면을 묘사한 대목이 나온다.

그곳에 무릎을 꿇고 있던 시골 사람들 가운데—모리츠는 이야기한다—산골에서 묵주를 팔러 온 행상들 중의 한 사람이 유난히 그의 눈길을 끌었다. 그들은 갈색 나무로 이 세상에서 가장 훌륭한 묵주를 깎아 가지고 와, 앞서 말한 축일에 이 묵주들을 위해 교황의 은총을 직접 받을 수 있었기에 로마 전역에서 묵주를 좀더 비싼 값으로 팔 수 있었다.

그 사나이는 더없이 공손한 자세로 무릎을 꿇고 앉아 있었다. 하지만 그는 그의 물건인 묵주들이 들어 있는 폭넓게 주름진 펠트 모자를 하늘 높이 쳐들고 있었다. 그리고 교황이 양팔을 활짝 벌리고 은총의 말을 읊조리는 동안, 그 묵주 행상은 마치 군밤장수가 석쇠에 밤을 구울 때 하듯이 그의 모자를 흔들었다. 그렇게 해서 모자 밑바닥에 있는 묵주들도 교황의 축복을 받아 그의 묵주들 모두가 똑같이 교황의 은총을 받게 하려는 것 같았다.

나는 경건하고 소박한 이 감동적인 장면을 여기에 삽입하지 않을 수 없었다. 그리하여 나는 내가 나중에 겪은 정신적인 과정과 관련된 일련의 나의 고백의 실타래를 다시 움켜잡게 되는 것이다.

아주 초기의 일들로부터 나중에 오는 현상들이 설명되는 법이다. 따라서 내가 이미 열세 살 때 자유사상가들의 모든 체계에 대한 가르침을 받았다는 사실은 분명히 중요한 일이다. 더욱이 나에게 가르침을 주신 분은 성직자로서의 자신의 직분에 조금도 소홀함이 없던 존경스런 목사님이었다. 그래서 나는 여기서 일찍이 종교와 의심이 꾸밈없이 조용하게 나란히 흘러가는 것을 목격하였다. 여기로부터 나의 마음속에는 신에 대한 불신뿐만 아니라, 모든 것에 대한 가장 관대한 무관심도 생겨났다.

장소와 시기 역시 중요한 요소이다. 나는 회의적인 분위기가 널리 퍼져 있던 18세기 말에 독일의 한 도시에서 태어났다. 나의 어린 시절 그 도시는 프랑스인들뿐만 아니라 프랑스 정신에 의해서 지배를 받고 있었다.

내가 안 프랑스 사람들은—나는 이 사실을 고백하지 않을 수 없다—몹시 지저분하고 프랑스 문학 전체에 대해 편견을 심어 줄 만한 책들을 내게 알려 주었다.

나는 후에도 프랑스 문학을 결코 그것이 지닌 가치에 걸맞게 좋아하지 않았다. 특히 나는 프랑스 시에 대해서 가장 불공평한 태도를 취했다. 프랑스 시는 그리하여 어릴 적부터 거들떠보지도 않았다.

그것은 무엇보다도 그 빌어먹을 도노아 신부 때문이었던 것 같다. 그는 뒤셀도르프 고전고등학교에서 프랑스어를 가르쳤는데 나한테 프랑스어 시를 짓도록 강요하였다. 조금만 더 심했더라면, 나는 프랑스어로 된 시 뿐만 아니라 시 전체에 대해서 혐오감을 갖게 되었을지도 모른다.

도노아 선생은 프랑스에서 이주해 온 목사로서 안면근육의 변화가 극히 심하고 머리에는 갈색 가발을 쓴 초로의 작은 체구의 사나이였다. 그가 화를 낼 때마다 그의 머리의 가발은 한쪽으로 삐딱하게 쏠리곤 하였다.

그는 몇 권의 프랑스어 문법책과, 그가 맡고 있는 여러 학년을 위해 번역 연습용으로 독일과 프랑스의 고전 작가들의 문장들을 뽑아 놓은 선집을 만들었다. 최상급 학년용으로 그는《웅변술》과《작시법》도 출간했다. 이 두 가지 소책자 중에서 전자는 퀸틸리안(로마의 웅변가—옮긴이)의 웅변술에서 가져온 요령들을 싣고 있었으며 플레쉬에, 마시옹, 부르달루, 보쉐 등의 설교를 실례로 들고 있었다. 이것들은 그렇게 지루하지는 않았다.

그러나 시에 대한 정의를 담은 다른 책, 즉 이미지를 통한 묘사법, 낡은 바토파派의 김빠진 찌꺼기들, 프랑스어 음조론 그리고 프랑스인들의 온갖 운율학 등을 실은 그 책은 얼마나 끔찍한 악몽이었던가!

나는 지금도 프랑스 시의 시학 체계보다 더 무미건조한 것은 알지 못한다. 프랑스인들이 시를 정의할 때 사용하는, 예의 그 이미지를 통한 묘사법이라는 엉뚱한 개념 덕분에 아마도 프랑스인들은 시를 쓸 때 자꾸만 회화적인 패러프레이즈 쪽으로 빠지는 것인지도 모른다.

프랑스 운율학은 프로크루스테스(그리스 전설에서, 여행객을 쇠침대에 눕혀 키가 침대보다 크면 사지를 자르고 짧으면 잡아 늘려 죽였다는 아티카의 강도—옮긴이)가 고안해 낸 것임에 틀림없다. 운율학은 생각을 붙잡아 매는 구속복이다. 생각은 본디 온순하기 때문에 그런 구속복 따위는 분명 필요가 없다. 시의 아름다움이 운율적인 어려움을 극복하는 데 있다고

하는 이야기는 마찬가지로 바보스런 원천에서 출원한 우스꽝스러운 원칙일 뿐이다. 프랑스의 6운각 시구, 즉 운을 맞춘 트림질은 정말로 혐오스럽다. 프랑스 사람들은 소돔과 고모라의 난행보다도 훨씬 죄 많은, 이 불쾌한 부자연스러움을 몸소 느끼고 있었다. 그렇기 때문에 프랑스의 선량한 배우들은 시구를 마치 산문처럼 헐떡거리면서 읽을 수밖에 없다.—그렇다면 도대체 무엇 때문에 시를 만드느라 쓸데없는 수고를 하는 걸까?

지금도 나는 그렇게 생각한다. 나는 이미 어릴 적부터 그렇게 느꼈다. 나는 절대 프랑스어로는 시를 쓸 수 없다고 공표해 버렸을 때 나와 그 늙은 갈색 가발 사이에 공공연한 적대감이 생겨날 수밖에 없었음은 쉽게 상상할 수 있을 것이다. 그러자 그는 내게 시에 대한 감각이 전혀 없다고 말하면서 나를 토이토부르크 숲(오늘날 독일 오스나브뤼크 북동부에 위치한 숲. 이 울창한 숲에서 서기 9년 로마군은 게르만 병사들에게 백년 만에 최대의 패배를 당했다—옮긴이)의 야만인이라고 불렀다.

그 선생의 문장선집에 들어 있는 클롭슈톡크(1724-1803.

독일의 감상주의적 종교시인—옮긴이)의 시 〈구세주의 노래〉 중 6운각 시구로 씌어진, 카이파스가 고대 그리스의 평의회에 부치는 연설을 프랑스의 알렉산더격 시행에 맞추어 번역해야 했던 일을 생각하면 지금도 가슴이 오싹하다! 그것은 구세주가 몸소 겪은 모든 수난을 넘어서는 잔인함의 극치였으며, 그 정도의 수난이라면 구세주 자신도 조용히 참아 낼 수 없었으리라. 주여 용서하소서, 저는 세상뿐만 아니라 우리에게 자신들의 운율법을 강요한 이방의 폭군들을 저주하였나이다. 그리고 나는 하마터면 프랑스인 혐오주의자가 될 뻔하였다.

나는 프랑스를 위해서라면 차라리 목숨을 바칠 수 있었지만, 프랑스어로 시를 쓰는 것은 죽기보다도 싫었다!

교장 선생님과 나의 어머니에 의하여 이 분쟁은 해결되었다. 어머니는 내가 시 쓰는 법을 배우는 것을 전혀 탐탁지 않게 생각했다. 그것이 비록 프랑스어로만 쓰는 것일지라도 말이다. 그 당시 어머니는 혹시 내가 시인이 될까 봐 한걱정을 하고 있었다. 그것이 내게 일어날 수 있는 일 중에서 가장 커다란 재앙이라고 어머니는 늘 말했다.

당시엔 시인이라는 이름과 함께 떠오르던 생각들이 그렇게 고결한 것이 되지 못했다. 왜냐하면 시인이란 돈 몇 푼에 매여 경조사 시나 써 주다가 나중에 가서는 병원 신세나 지며 숨을 거두는 너절한 거지였기 때문이다.

그러나 나의 어머니는 나에 대해 장대하고 야심찬 뜻을 품고 있었고, 그녀의 모든 교육계획은 그것을 지향했다. 어머니는 내가 성장해 가는 과정에서 주된 역할을 하였다. 어머니는 내가 수행할 모든 학업계획을 작성했다. 그리고 내가 세상에 태어나기도 전에 이미 그녀의 교육계획은 시작되었다. 나는 그녀의 뚜렷한 소망에 순순히 따랐다. 그러나 자백하건대 시민으로서의 지위를 얻기 위해 내가 행한 대부분의 시도와 노력이 실패로 돌아간 것은 어머니 탓이었다. 왜냐하면 시민적인 직업이 나의 기질과 전혀 맞지 않았기 때문이다. 나의 이 소질이 세상에서 일어나는 일들보다도 훨씬 더 많이 나의 장래를 결정하였다.

우리의 행복의 별은 다름 아닌 우리들 가슴속에 있다.

먼저 나의 어머니의 마음을 홀린 것은 황제궁의 영화였다. 나의 어머니와 아주 친하게 지내던 철공장집 딸이 공작과 결혼을 하여 그녀의 남편이 수없이 많은 전투에서 승리를 했기 때문에 머지않아 왕위에 오르게 될지도 모른다고 어머니에게 말했던 것이다. 바로 그 때문에 어머니는 내게 황제궁의 찬란하게 빛나는 금빛 견장이나 명예 관직 같은 것을 기대했던 것 같다. 어머니는 나를 황제 밑에서 일하게 만들려 했던 것이다.

그런 까닭에 나는 주로 그 길로 나아가는 데 필요한 학문들을 배우지 않을 수 없었다. 그리하여 고전고등학교에서 이미 수학 방면 교과에 대한 충분한 교육을 받았고 또 존경하는 브레버 교수님에게서 기하학, 정력학, 유체정력학, 수력학 같은 교과에 대한 충분한 지식을 섭취했고 대수對數와 대수代數를 충분히 익혔음에도 불구하고, 나는 거기에 덧붙여 나를 위대한 전술가나, 경우에 따라서는 정복지의 행정관으로 만들어 줄 학과목들에 대한 과외까지 받지 않으면 안되었다.

제국의 몰락과 더불어 나의 어머니는 내게서 꿈꾸던 그 화려한 인생행로를 단념하지 않을 수 없었다. 그것을 목표로 했던 공부도 종말을 고했다. 그런데 이상하다! 그 공부들은 나의 정신 속에 아무런 흔적도 남기지 않았다. 그만큼 그것들은 나의 정신에게 낯선 것이었다. 그것들은 기계적으로 습득한 것에 불과했다. 나는 그것들을 쓸데없는 넝마처럼 벗어던져 버렸다.

어머니는 이제 다른 방향으로 나의 화려한 미래를 꿈꾸기 시작했다.

나의 아버지와 친분이 있는 분이 사장으로 있던 로트쉴트 하우스는 이미 그 당시에 엄청난 전성기를 맞기 시작했고, 은행과 기업의 다른 거물들도 우리 주변에서 발흥하고 있었다. 그러자 어머니는 지금이야말로 머리 좋은 사람이 상업 분야에서 타의 추종을 불허하는 업적을 이룩하여 세속적인 권력의 최고 정상에 오를 수 있는 더

없는 호기라고 주장하였다. 그리하여 어머니는 이번에는 나를 경제계의 거물로 만들기로 결심하였다. 이제 나는 외국어, 특히 영어와 지리, 부기, 간단히 말해서 육상과 해상무역, 그리고 영업과 관련된 모든 학문을 공부하지 않을 수 없었다.

어음 거래와 식민지 산물에 대한 지식을 쌓기 위하여 나는 나중에는 나의 아버지와 거래하는 한 은행가의 대리점과 대규모 향료 판매상의 창고에서 실습을 해야 했다. 은행에서의 견습은 3주, 향료판매상에서의 견습은 4주에 불과했다. 하지만 나는 이 기회에 수표 발행 방법과 육두구 열매 구별법을 익혔다.

한 유명한 상인은—나는 그의 밑에서 백만장자가 되기 위한 견습을 받고 있었다—내게 장사 재주가 없다고 말했다. 그 말을 듣고 나는 웃으면서 그의 말이 맞는 것 같다고 고백했다.

그 뒤 얼마 안 되어 대규모 경제 위기가 발생했고 대부분의 우리 친구들처럼 나의 아버지도 재산을 잃고 말았다. 그리하여 장사로 성공하려던 비눗방울은 황실에서 성공하려던 비눗방울보다 훨씬 더 빠르게 그리고 훨씬 비참하게 터져 버렸다. 그 결과 나의 어머니는 나를 위해 이제 다른 항로를 꿈꾸어야 했다.

이번에는 어머니는 내가 꼭 법률 공부를 해야 한다고 말했다.

어머니는, 영국과 프랑스 그리고 입헌 독일에서도 법률가의 지위는 오래전부터 막강했다는 것, 그리고 변호사는 청중 앞에서 하는 공인된 변론의 관습으로 인하여 지껄이는 주된 역할을 하기 때문에 국가의 최고관리 지위에도 오를 수 있다는 사실을 이미 꿰뚫고 있었다. 나의 어머니의 눈은 정말 정확했다.

그때 마침 본 대학교가 신설되었고, 법률학부에는 가장 저명한 교수들이 초빙되었다. 그러자 어머니는 지체 없이 나를 본대학으로 보냈다. 그곳에서 나는 곧 마켈다이 교수와 벨커 교수를 존경하게 되었고 그들의 학문의 달콤한 맛을 마음껏 섭취하였다.

내가 독일의 여러 대학에서 보낸 7년 중에서 3년이라는 내 인생의 꽃피는 아름다운 시절을 나는 로마의 해결법과 법률학, 즉 이 가장 비자유주의적인 학문을 공부하느라 허비하였다.

로마 대법전, 이 에고이즘의 성서는 그 얼마나 끔찍한 책이던가!

로마인들 그 자체와 마찬가지로 그들의 법전은 내겐 항상 증오의 대상이었다. 이 도둑놈들은 그들의 약탈물을 안전하게 보관하고자 했다. 다시 말해서 그들은 칼로써 빼앗은 것을 법률로 보호하고자 한 것이다. 그 때문에 로마인은 군인인 동시에 변호사였다. 그리하여 이 세상에서 가장 구역질 나는 잡종이 생겨나게 된 것이다.

실제로 우리는 소유권 이론을 저 로마의 도둑놈들로부터 배웠다. 사실 이 소유권은 그전에는 사실로서만 존재했을 뿐이었다. 그리고 이 이론이 가장 비열한 쪽으로 더욱 발전되어 완성된 것이 바로 저 만인의 칭송을 받고 있는 로마법이다. 그런데 이 법은 종교와 도덕, 인간 감정

그리고 이성과 극단적인 모순 관계에 있음에도 불구하고 오늘날 우리의 모든 입법뿐만 아니라 모든 근대국가의 제도의 기반이 되어 있다.

나는 그 저주받은 법률 공부를 끝까지 마쳤다. 그러나 나는 내가 배운 공부를 이용할 엄두를 전혀 낼 수가 없었다. 그리고 또 엉터리 변호나 법률 왜곡에 있어서는 다른 사람들이 나보다 여러 수 위일 거라고 느꼈기 때문에, 나는 나의 법률학 박사모를 못에 걸어 버리고 말았다.

나의 어머니는 평소보다 훨씬 심각한 얼굴 표정을 하였다. 그러나 나는 어머니의 보호를 떠나야 할 나이의 성숙할 대로 성숙한 인간이 되어 있었다.

이 착한 어머니도 마찬가지로 나이를 더 먹었다. 그리고 그렇게 많은 실패를 맛본 뒤 어머니는 나의 생을 인도하는 일을 포기하면서, 앞에서 우리가 보았듯이, 나를 성직자의 길로 끌고 가지 못한 것을 후회하였다.

어머니는 이제 여든일곱의 귀부인이 되었다. 그렇지만 그녀의 정신은 나이를 먹었다고 해서 녹슬지는 않았다.

어머니는 다시는 나의 현실적인 사고방식에 대해서 공연히 부당하게 간섭하려고 들지 않았으며 내게는 언제나 관용과 사랑 그 자체였다.

어머니의 신앙은 엄격한 이신론理神論(18세기 계몽주의 시대의 대표적인 기독교 사상으로, 비판적인 안목으로 성서를 봄으로써 기독교의 신앙 내용을 오로지 이성적인 진리에 국한시킨 합리주의 신학의 종교관—옮긴이)이었다. 그것은 이성을 주로 따르는 어머니의 성향과 맞아떨어지는 것이었다. 어머니는 루소의 신봉자로서 그의 《에밀》을 읽었으며 자식들에게는 직접 자신의 젖을 먹였다. 교육은 그녀의 주된 관심사였다. 그녀 자신이 학식있는 교육을 받았으며 그녀의 남동생의 공부 친구였다. 그녀의 동생은 훌륭한 의사가 되었으나 일찍 죽고 말았다. 아주 어린 꼬마 숙녀였을 때부터 그녀는 아버지에게 라틴어로 씌어진 학위논문이나 그 밖의 학술적인 글들을 읽어 드려야 했다. 그때마다 그녀는 질문으로 자주 그 노인네를 깜짝 놀라게 만들곤 하였다.

어머니의 이성과 감정은 건강 그 자체였다. 따라서 공상적인 것과 낭만성에 대한 나의 감각은 어머니에게서 물려받은 것이 아니다. 앞에서 이미 말했듯이 어머니는 문학에 대해서 두려움을 갖고 있었다. 그렇기 때문에 어머니는 내가 손에 소설책을 들고 있는 것만 보면 모조리 다 빼앗았으며, 연극 구경도 허락하지 않았고, 내가 민중극에 관여하는 것도 금지시켰다. 어머니는 내가 누구와 교제하는가도 감시했으며, 한 번은 내 앞에서 유령 이야기를 한 처녀들을 꾸짖기도 했다. 한마디로 말해서 어머니는 내게서 미신이나 문학을 멀리하기 위해 온갖 수단을 다 동원하였다.

어머니는 절약가였다. 그러나 그것은 그녀 자신에 대해서만이었다. 다른 사람들을 기쁘게 해 주기 위해서 그녀는 돈을 아낌없이 쓸 줄 알았다. 어머니는 돈을 사랑한 것이 아니라 돈의 가치를 알고 있었던 것이다. 그런 까닭에 어머니는 쉽게 돈을 내주었으며, 선뜻 아낌없이 베풀던 그녀의 태도는 이따금 나를 깜짝 놀래키곤 하였다.

어렵던 시절, 아들의 공부 계획을 세웠을 뿐만 아니라 공부에 필요한 학비까지도 직접 대 주던 어머니, 그녀는 아들을 위해 그 얼마나 큰 희생을 보여 주었던가! 내가 대학에 입학했을 때 아버지의 사업은 아주 처참한 상태에 있었다. 그러자 어머니는 아주 소중한 그녀의 장신구와 팔찌 그리고 귀고리를 팔아서 내가 첫 4년간의 대학생활을 꾸려 나갈 수 있게 해 주었다.

그러나 대학에 다니느라 보석을 먹어 치우고 진주를 삼켜 버린 것은 우리 가문에서 내가 처음은 아니었다. 언젠가 어머니가 들려준 말에 따르면 어머니의 아버지가 이와 같은 곡예를 했다고 한다. 대학에 다니는 비용을 대기 위해서 어머니의 아버지는 돌아가신 어머니의 성경을 장식했던 보석을 처분해야 했다. 그것은 늙고 불쌍한 그의 아버지 데 겔데른이 시집간 여동생을 상대로 상속 재판을 벌이다가 극도로 가난해졌기 때문이었다. 원래 그는 부친으로부터 큰 재산을 상속받았었다. 그 재산의 규모가 얼마나 컸는지는 한 늙은 숙모가 내게 들려준 놀라운 이야기들을 통해서 짐작할 수 있었다.

그 늙은 숙모가 굉장히 큰 궁전과 페르시아 카펫 그리고 엄청난 양의 금은 그릇에 대해서 이야기를 할 때면, 소년에겐 그것이 늘《천일야화》이야기처럼 들렸다. 선제후와 선제후비의 궁중에서 큰 명성을 누리던 그 착한 증조부는 애석하게도 그것들을 모두 상실했다. 시내의 그의 집은 원래는 라인 가街에 자리한 큰 호텔이었다. 노이슈타트에 있는 현재의 병원은 그라벤베르크 성과 마찬가지로 원래는 그의 소유였다. 그러나 끝에 가서는 그는 그의 머리를 눕힐 만한 자리마저도 소유하지 못했다.

나는 여기에 앞의 이야기와 대조되는 이야기 하나를 엮어 넣고 싶다. 그 까닭은 이 이야기가 나의 동료의 어머니의 실추된 명예를 사람들 사이에서 회복시켜 줄 것이기 때문이다. 다시 말해서 나는 언젠가 불쌍한 디트리히 그랍베(1801–1836. 독일의 극작가—옮긴이)의 전기를 읽다가 그의 죽음의 원인이 된 음주의 악습이 그의 어머니에 의해 일찍이 심어졌다는 대목을 발견했다. 즉 그의 어머니는 그 소년에게, 아니 그 어린아이에게 화주를 마시라고 주었다는 것이다. 전기의 편찬자가 악의에 찬 친척들의 입을 통해서 주워 들은 이 비난은 죽은 그랍베가 생전에 그의 어머니에 대해서 가끔씩 했던 말을 돌이켜 보면 전혀 사실과 다른 것으로 생각된다. 그의 어머니는 그에게 술을 먹지 말라고 분명하게 자주 타일렀다.

그랍베의 어머니는 거친 여자로서 간수看守의 아내였다. 그래서 그녀가 그녀의 어린 새끼 이리 디트리히를 껴안고 달랠 때엔 간혹 그의 얼굴을 암이리 같은 앞발로 조금씩 할퀴었을지도 모른다. 그러나 그녀는 진정한 어머니의 마음을 가지고 있었으며, 그녀의 아들이 학업을 위해 베를린으로 떠날 땐 그것을 직접 증명해 보였다.

작별을 할 때—그랍베는 내게 이야기해 주었다—그랍베의 어머니는 그의 손에 작은 보따리를 하나 들려 주었다. 그 안에는 솜으로 부드럽게 싼 여섯 개의 은숟가락과 여섯 개의 작은 은커피스푼 그리고 큰 은숟가락 하나가

들어 있었다. 그것은 평민 출신의 여자들이 큰 희생을 감수하지 않고는 결코 남에게 건네줄 수 없는 자랑스런 가보였다. 그것을 가짐으로써 그들은 흡사 은장식품이 되며, 이것을 통해 그들은 일반 놋쇠 천민들과 구별된다고 믿고 있었다. 내가 그랍베를 알게 되었을 때, 그는 벌써 그가 골리앗이라고 부르던 그 은제 수프 숟가락을 날려 버린 후였다. 내가 가끔 그에게 어떻게 지내느냐고 물으면, 그는 근심 어린 얼굴로 짧게 이렇게 대답했다. "이제 세 번째 숟가락 차례야. 혹은 네 번째 숟가락 차례야. 큰 숟가락들은 거의 다 사라지고 없어"라고 언젠가 그는 한숨을 지으며 말했다. "작은 커피 스푼들 차례가 오게 되면, 먹을거리도 아주 적어질 거야. 그리고 이것들마저도 다 사라지고 나면, 먹을 게 더 이상 없게 되겠지."

유감스럽게도 그의 말은 들어맞았다. 그리고 먹을거리가 줄어들수록 그는 더욱 더 술에 매달렸고 마침내는 술고래가 되었다. 처음에는 비참함이, 나중에는 가정에 대한 원망이 이 불행한 사람을 술의 힘을 빌려 즐거운 기분이 되게 하거나 망각을 하도록 내몰았다. 결국 이 비참을 끝내기 위해서 다른 사람들 같았으면 권총을 잡았을 것을 그는 술병을 잡은 것인지도 모른다. "내 말을 믿게나." 언젠가 그랍베의 순진한 베스트팔렌 고향 친구가 나한테 말했다. "그는 정말 술이 센 친구였어. 그러니까 그 친구는 술을 마셔서 죽은 게 아니고, 오히려 죽기 위해서 술을 마셔 댔던 거야. 그는 일부러 과음하여 목숨을 끊은 거라네."

여기서 한 어머니의 명예를 회복시켜 준 것이 결코 잘못된 것은 아닐 것이다. 지금까지 내가 그 이야기를 끄집어내지 않은 까닭은 그 이야기를 그랍베에 대한 인물평에서 정식으로 서술할 생각을 갖고 있었기 때문이다. 그러나 나는 그에 대한 인물평을 끝내 하지 못했고, 나의 책 《독일론》에서도 그랍베에 대해서는 잠깐밖에 언급하지 못했다.

위 글은 프랑스 독자들보다는 독일 독자들을 위한 것이다. 프랑스 독자들을 위해서 여기서 단 한 마디만 하고 싶다. 즉 앞서 말한 디트리히 그랍베는 독일의 위대한 작가들 중의 하나였으며 우리의 모든 극작가들 중에서 셰익스피어와 가장 큰 유사점을 가진 작가로 불릴 수 있다고 말이다. 그가 갖고 있는 칠현금의 현의 숫자는 다른 사람들의 것보다 적다고 할 수 있다. 이 점에서는 다른 사람들이 그를 능가할지 모르지만, 그가 갖고 있는 현들은 그 위대한 영국인에게서만 발견될 수 있는 음향을 갖고 있다. 그는 우리가 셰익스피어에게서 경악과 충격과 황홀을 금치 못하는 급격성과 자연스런 음향을 갖고 있다.

그러나 그의 이 모든 장점은 인간의 뇌가 생각해 낼 수 있는 가장 광적이고 혐오스러운 것을 능가하는 몰취미와 냉소 그리고 방일함에 의해 상쇄된다. 그러나 이러한 것들을 불러일으킨 것은 열병이나 백치 같은 질병이 아니라 천재에게서 나타나는 정신 도착증이다. 플라톤이 디오게네스를 아주 적확하게 미친 소크라테스라고 부른 것처럼 우리는 우리의 그랍베를 미안하지만 이보다 더 큰 두 배의 정당성을 가지고 술에 취한 셰익스피어라고 부를 수 있을 것이다.

인쇄된 그의 희극들에서는 이 기괴한 요소들이 상당히 완화되어 있다. 그러나 그가 쓴 비극《고트란트》의 원고에서는 이것들이 끔찍할 정도로 날카롭게 드러나 있었다. 내가 그에 대해서 전혀 모르던 그 언젠가 그는 그 원고를 들고 와서 내게 건네주었다. 아니 차라리 다음과 같은 말과 함께 내 발치에 내던졌다. "나는 내가 얼마나 되나 알고 싶었어. 그래서 이 원고를 들고 구비츠 교수를 찾아갔지. 그랬더니 그 교수는 머리를 설레설레 흔들며, 나를 쫓아 버리려는 속셈으로 당신을 찾아가 보라고 하는 거야. 당신도 나처럼 머릿속에 미친 생각을 넣고 다니니까 나를 훨씬 잘 이해할 거라는 거야. 자, 이게 바로 그거야!"

이 말만 던져 놓고서 그 괴상한 녀석은 대답도 듣지 않고 다시 어슬렁대며 가 버렸다. 마침 폰 파른하겐 부인에게 가려던 참이던 나는 그녀에게 한 시인의 신선한 맛을 보여 주려고 그 원고를 들고 갔다. 왜냐하면 불과 몇 군데밖에 읽어 보지 않았지만 나는 이미 여기에 시인이 하나 있음을 알아챘기 때문이다.

우리는 문학적인 야수를 그 냄새만 맡고도 금방 알아볼 수 있다. 그러나 이번의 냄새는 여자의 신경으로 맡기에는 너무나 강렬했다. 자정이 거의 다 된 늦은 시간에 폰 파른하겐 부인은 내게 사람을 보내 제발 그 끔찍한 원고를 다시 가져가라고 애원했다. 그 원고를 집안에 놔두고는 편히 잠을 이룰 수 없다는 것이었다. 그러니까 그랍베의 작품들은 원래는 이러한 인상을 주었던 것이다.

이렇게 잠깐 이야기가 빗나갔지만 이야기의 대상 자체가 이러한 탈선을 정당화시켜 주리라 믿는다.

어머니의 명예를 회복시켜 주는 일은 때와 장소에 구애받지 않는다. 따라서 가슴이 있는 독자라면 비방을 받고 있는 가엾은 자신의 생모에 대한 그랍베의 위 이야기를 한가로운 탈선이라고 여기지는 않을 것이다.

이제 한 불행한 작가에 대한 경애의 의무를 다했으므로, 다시 나의 어머니와 어머니의 친척에 대한 이야기로 되돌아가고자 한다. 어머니의 가계가 나의 정신적 성장에 끼친 영향에 대해서 좀더 이야기할까 한다.

3

drei

너는 한 떨기 꽃과 같이

너는 한 떨기 꽃과 같이
귀엽고 예쁘고 깨끗하여라,
너를 바라보고 있으면,
가슴에 애수가 스며드누나.

네 머리에 두 손을 얹고
나 하느님께 기도해야 하리,
언제나 네가 귀엽고 예쁘고
깨끗하게 있어 달라고.

나의 어머니 다음으로 나의 정신적 성장에 아주 특별한 영향을 끼친 사람은 어머니의 남동생인 나의 외삼촌 시몬 데 겔데른이었다. 그는 죽은 지 벌써 20년이나 되었다. 그는 볼품이 없는, 아니 어쩌면 바보 같은 외모를 한 별종이었다. 작고 뚱뚱한 체격에 창백하고 엄격한 얼굴을 하고 있었는데, 그의 코는 그리스 사람처럼 일직선이었지만, 보통 그리스 사람들이 달고 다니는 코보다 길이가 삼분의 일 정도는 분명히 더 길었다.

어릴 적에는 이 코가 보통 크기였었는데 그에겐 시도 때도 없이 코를 잡아당기는 나쁜 습관이 있었기 때문에 그로 인해 그처럼 코가 볼품없이 늘어났다고 한다. 어린 우리가 외삼촌에게 그게 정말이냐고 물으면, 그는 그런 불경스런 말을 한 데 대해서 우리를 정신이 나가도록 꾸짖고 나서는 다시 코를 잡아당기는 것이었다.

그는 완전히 옛 프랑켄식 복장을 하고 다녔다. 반바지에 흰색 비단 양말과 버클이 달린 구두를 신었으며 머리는 옛날 유행에 따라 상당히 긴 변발이었다. 그 변발은 그 땅딸막한 사내가 총총 걸음으로 거리를 누빌 때면 한쪽 어깨에서 다른 쪽 어깨로 펄쩍 펄쩍 뛰어 온갖 재주를 부리면서 마치 그의 등 뒤에서 자신의 주인 나으리를 놀리는 것처럼 보였다.

이 착한 외삼촌이 생각에 잠겨 있거나 신문을 읽고 있을 때면, 나는 자꾸만 몰래 그의 변발을 움켜쥐고서 마치 초인종처럼 그것을 당겨 보고 싶은 파렴치한 욕망에 사로잡혔다. 그때마다 외삼촌은 몹시 화를 내면서도 동시에 그 무엇도 존경하지 않고 인간의 권위도 신의 권위도 개의치 않아 결국에는 신마저도 제 것처럼 생각할 새파란 애숭이 때문에 두 손을 비비며 안타까워하였다.

이 사나이의 외모는 존경심을 자아내기에 적합치 못했지만, 반대로 그의 내면, 즉 그의 마음씨는 그만큼 더 존경심을 살 만했다. 그것은 내가 이 지상에서 사귄 가장 정직하고도 고아한 마음씨였다. 그의 마음속에는 옛 스페인 희곡에 등장하는 명예의 엄숙주의를 연상시키는 고결함이 깃들어 있었다. 그리고 신의에 있어서도 그는 옛 스페인 희곡의 주인공들과 똑같았다. 그는 "명예로운 의사"가 될 수 있는 기회를 한 번도 갖지 못했지만 나름대로 기사다운 위대함을 갖춘 "굳은 의지의 왕자"〔"명예로운 의사"와 함께 스페인의 희곡 작가 칼데론(1600–1681)의 작품—옮긴이〕였다. 비록 그가 4각의 강약격으로 시를 암송하지 않았고 또 결코 사후의 영예를 갈망하지도 않았으며 번쩍이는 기사복 대신에 할미새 꼬리가 달린 볼품없는 저고리를 입었지만 말이다.

그는 결코 감각을 혐오하는 금욕주의자가 아니었다. 그는 교회헌당식 잔치를 좋아했으며 술집 라지아를 좋아했다. 그곳에서 그는 특히 즐겨서 티티새 요리에 노간주

나무 열매를 곁들여 먹었다—그러나 일단 그가 진리요 선이라고 생각하는 이념의 문제가 걸리면 그는 이 세상의 모든 티티새 요리와 이 세상의 모든 생의 즐거움을 흔쾌하게 희생하였다. 그리고 그는 이것을 전혀 티가 나지 않게, 다시 말해 약간 수줍어하는 투로 행했기 때문에 이 우스꽝스러운 껍질 속에 그처럼 은밀한 순교자가 들어 있으리라고는 그 누구도 생각하지 못했다.

세속적인 관점에서 본다면 그의 생애는 실패한 생애였다. 시몬 데 겔데른은 예수회 학교에서 이른바 인문주의 공부, 즉 고전어 공부를 했다. 그러나 그의 양친이 죽고 난 뒤 자신의 인생행로를 마음대로 선택할 수 있게 되자 그는 어떤 인생행로도 택하지 않았다. 즉 그는 외국 대학에 가서 하는 이른바 빵 공부도 일체 포기하고 고향인 뒤셀도르프의 그의 부친이 유산으로 남겨 준 "노아의 방주"라는 이름이 붙은 작은 집에 남았다. 그 집의 현관문 위에는 노아의 방주가 아주 예쁘게 조각되어 형형색색으로 채색되어 있는 것이 보였다.

이 집에서 그는 쉬지 않고 노력하면서 자신이 좋아하는 학문 연구와 공상, 도서 수집 그리고 특히 광적인 글쓰기에 몰두하였다. 그의 그러한 광적인 글쓰기는 특히 정치적 성향의 일간지와 잘 알려지지 않은 잡지를 통해 표출되었다.

덧붙여 말하자면, 그는 글을 쓰는 데뿐만 아니라 사고하는 데에도 엄청난 노력을 기울였다.

이 광적인 글쓰기는 사회에 도움이 되는 일을 하고 싶다는 욕구에서 비롯된 것일까? 그는 모든 시사적인 문제에 신경을 썼으며, 신문과 팸플릿을 미친 듯이 읽어 댔다. 이웃사람들은 그를 박사라고 불렀다. 그러나 사실 그것은 그의 학식 때문이 아니라 그의 아버지와 형이 의학박사였기 때문이었다. 그리고 노파들은 그들의 병을 그때마다 고쳐 주었던 늙은 박사의 아들이 아버지의 약까지 상속받는 것은 아니라는 점을 아무리 설명해도 새겨들으려 하지 않았다. 그들은 병이 나면 오줌병을 들고 그에게로 달려왔다. 그들의 눈물과 호소를 보고 듣고 있노라면 그는 자신도 모르게 그들이 어디가 아픈지 진찰해 보고 싶은 생각이 들기도 하였다. 그러나 우리의 가엾은 외삼촌은 이런 식으로 공부에 방해를 받으면, 버럭 화를 내면서 오줌병을 든 그 정숙지 못한 노파들을 악마나 잡아가라고 바깥으로 내쫓았다.

지금에 와서 생각해 보면 나의 정신적 성장에 큰 영향을 끼친 사람은 바로 이 외삼촌이었다. 이 점에 있어서 나는 그에게 이루 말할 수 없는 큰 빚을 지고 있는 것이다. 우리의 견해가 서로 엇갈렸고 또 그의 문학적인 성취가 형편없는 것이었다 하더라도 나의 가슴속에 글쓰기의 기쁨을 일깨워 준 것은 바로 그였다.

라틴어를 주로 배우는 예수교 학교에 다닌 외삼촌은 옛날풍의 딱딱한 공문서 같은 문체를 썼다. 그렇기 때문에 그는 나의 표현법을 금방 받아들일 수 없었다. 그에게는 나의 표현법이 너무 가볍고 너무 유희적이고 너무 무례하게 여겨졌다. 그러나 나의 정신적인 성장에 버팀목

이 되어 준 그의 열정은 내게 더없이 큰 도움을 주었다.

그는 아직 어린 나에게 가장 아름답고 소중한 책들을 선물했다. 그는 그의 서재를 마음대로 쓸 수 있도록 해 주었다. 그의 서재에는 고전적인 서적들과 중요한 시사 팸플릿들이 널려 있었다. 그리고 그는 심지어 노아의 방주 다락방에 있는 상자들을 이것저것 뒤적거리는 것까지도 허락했다. 그 상자들 속에는 돌아가신 외할아버지가 보던 낡은 책들과 육필원고들이 들어 있었다.

4

vier

내 소중한 친구여

내 소중한 친구여, 너 사랑에 빠졌구나,
새로운 고통에 시달리고 있구나.
머릿속은 갈수록 어두워지고,
가슴속은 갈수록 환해지겠지.

내 소중한 친구여, 너 사랑에 빠졌구나,
네가 그것을 설사 고백하지 않아도,
심장의 불길이 이미 네 조끼 사이로
훨훨 타오른 것이 눈에 보이는구나.

큰 다락방의 서재에서 하루 종일 보낼 수 있게 되었을 때 소년의 가슴속에서는 그 얼마나 신비스런 기쁨이 환호성을 질러 댔을까.

그곳은 멋진 거처는 아니었다. 그리고 그곳의 유일한 거주자인 살찐 앙고라고양이는 깨끗한 것하고는 거리가 멀었다. 그 고양이는 가끔 꼬리로 그곳에 층층이 쌓여 있는 잡동사니에 덮인 먼지나 거미줄을 슬쩍 쓸어버리는 것이 고작이었다.

그러나 나의 가슴엔 어린 꽃들이 피어났고, 태양은 조그만 채광창 사이로 밝게 비추어 들었기 때문에 그 안의 모든 것이 공상의 빛살로 흠뻑 젖어 있는 것처럼 여겨졌다. 나에겐 그 늙은 암고양이마저도 마치 마법의 주문에 걸린 공주처럼 보였다. 마법의 이야기들 속에서 흔히 벌어지듯, 그 암고양이가 짐승의 모습에서 다시 해방되어 예전의 아름답고 화려한 자태를 되찾고, 다락방은 번쩍이는 궁전으로 변할 것만 같았다.

그러나 지난날의 멋진 동화시대는 이제는 사라지고 없다. 고양이들은 고양이일 뿐이며, 노아의 방주 다락방은 그저 먼지투성이 방으로, 고칠 수 없는 가구들을 위한 병원이요 낡은 가구들을 위한 양로원이었다. 그 가구들은 그 낡은 정도가 극에 달한 것이었지만, 그것들을 문밖으로 내던지지 못한 것은 그것들에 대한 멜랑콜리한 의리와 그것들과 연결된 애틋한 추억 때문이었다.

그곳엔 낡아서 망가진 요람이 하나 있었는데, 그것은 나의 어머니가 어릴 적에 타던 것이었다. 그 안에는 이제 할아버지가 공직을 수행할 때 쓰던 가발이 들어 있었다. 그 가발은 완전히 곰팡이가 슬었으며 늙어서 망령이 난 것처럼 보였다.

할아버지가 사용하던 녹슨 장도와 한쪽 다리만 남은 부젓가락, 그리고 그밖에 불구가 된 철제 그릇들은 벽에 걸려 있었다. 그 옆의 흔들리는 널빤지에는 할머니가 아끼던 박제 앵무새가 놓여 있었는데 이제는 털이 다 빠지고 색깔도 초록색에서 잿빛으로 변했고 하나만 남은 유리 눈알은 매우 섬뜩한 느낌을 주었다.

그곳에는 또 사기로 만든, 속이 빈 큰 초록색 개가 있었는데, 엉치 부분이 깨져서 떨어져 나갔지만, 그 고양이는 이 중국제 혹은 일본제 예술품에 대해 큰 존경심을 품고 있는 것 같았다. 왜냐하면 그 고양이는 그 앞에서 여러 가지 동작으로 공손하게 허리를 구부렸기 때문이다. 고양이는 그것을 신으로 생각했던 것 같다. 고양이는 그처럼 미신을 믿었다.

한쪽 구석에는 옛날에 나의 어머니가 쓰던 낡은 피리가 하나 있었다. 그것은 어머니가 아직 어린 소녀였을 때 불던 것이다. 어머니는 바로 이 다락방을 그녀의 연주실로 삼았다. 그 까닭은 피리 소리로 연로한 집주인, 즉 아버지의 일을 방해하거나 딸의 음악으로 인한 멜랑콜리한 시간 낭비로 아버지의 기분을 나쁘게 하지 않기 위해서였다. 이제는 고양이가 그 피리를 가장 아끼는 장난감으로 삼고 있었다. 고양이는 피리에 매여 있는 색 바랜 장미 리본을 잡고서 피리를 마루 위에서 이리저리 굴렸다.

이 다락방의 골동품들 중에는 또한 지구의와 정말 놀라운 행성도, 큰 플라스크 그리고 증류 시험관 같은 것들도 있었다. 그것들은 점성술이나 연금술 공부를 떠올려 주었다.

할아버지의 상자나 책들 중에는 이러한 신비스런 학문과 관련이 있는 많은 글들도 들어 있었다. 책의 대부분을 차지하고 있는 것은 물론 의학 관련 고서들이었다. 철학 서적도 없지 않았다. 그러나 이성을 신봉하는 카르테우스 옆에 파라켈수스나 판 헬몬트 그리고 심지어 아그리파 폰 네테스하임 같은 몽상가들이 자리를 잡고 있었다. 네테스하임의 '신비철학'을 나는 이곳에서 처음으로 대면하였다. 그가 수도원장 트리트하임에게 보낸 헌정의 서한은 어린 나에게도 무척 재미있었다. 수도원장이 보낸 답장도 함께 인쇄되어 있었는데, 그 답장에서 이 주교는 상대방 협잡꾼의 과장된 치사에 대해 이자를 보태 돌려주고 있었다.

그러나 그 먼지투성이 상자들 속에서 찾아낸 가장 훌륭하고 소중한 발견물은 할아버지 형제 중 한 분이 직접 기록한 작은 공책이었다. 사람들은 그를 기사 또는 동양인이라고 불렀으며, 나이 든 숙모들은 기회 있을 때마다 늘 그에 대해서 노래하고 이야기하였다.

마찬가지로 시몬 데 겔데른이라고 불렸던 이 작은 할아버지는 특이한 성자였음이 분명했다. 그가 "동양인"이라는 별명을 얻은 것은 동양으로 장거리 여행을 하고 또 돌아와서는 동양식 복장을 하고 다녔기 때문이다.

그는 북아프리카 해안의 여러 도시들, 특히 모로코의 여러 나라에 가장 오랫동안 체류했던 것 같다. 그곳에서 그는 한 포르투갈인에게서 칼 만드는 법을 배워 그 장사에 성공하였다.

그는 예루살렘으로 순례 여행을 떠났다. 그곳 모리아 산에서 그는 열성으로 기도하던 중에 환영幻影을 보았다. 무엇을 보았을까? 그러나 그는 그것이 무엇이었는지 한 번도 밝히지 않았다.

이슬람교가 아닌 모세교의 일파를 믿으면서 북아프리카 사막의 한 이름없는 오아시스에 임시 거처를 갖고 있던 한 독립적인 베두인 종족이 할아버지를 수령 또는 족장으로 추대하였다. 이 호전적인 조그만 종족은 주변의 모든 종족들과 투쟁하며 생활했고 대상隊商들에게는 공포의 대상이었다. 유럽식으로 말해서 돌아가신 나의 할아버지, 즉 성聖 모리아 산의 믿음 깊은 환시자는 도둑의 두목이 되었다. 그는 이 아름다운 고장에서 말 기르는 법과 승마 기술도 익혔다. 유럽으로 다시 돌아왔을 때 그는 그 승마 기술로 사람들의 많은 경탄을 자아냈다.

또한 그는 오랫동안 머문 여러 궁정에서 잘생긴 이목구비와 품위 있는 행동거지 그리고 화려한 동양식 복장으로 다른 사람들의 눈에 띄었다. 특히 그의 복장은 여성들에게 마력을 발휘하였다. 그는 또 그 스스로 이름붙인 '신비스런 지식'으로 제일 많이 사람들의 감탄을 불러일으켰다. 그리고 그 누구도 그의 지체 높은 후원자들에 견주어 그 전지전능한 마법사를 깎아내릴 엄두를 내지 못하였다. 음모의 귀신이 카발라(유대교의 일파—옮긴이)의 귀신들을 두려워한 것이다.

그 자신의 자만심만이 그를 파멸의 구렁텅이로 밀어넣을 수 있었다. 그리고 늙은 숙모들은 그 "동양인"이 어느 지체 높은 귀부인과 가졌던 에로틱한 관계에 대해서 소곤댈 때마다 이상야릇하게 그들의 하얗게 센 머리를 흔들었다. 그 관계가 탄로났기 때문에 그는 그 궁정과 그 나라로부터 삼십육계 줄행랑을 치지 않을 수 없었다. 재산을 몽땅 다 버리고 도망친 끝에 그는 구사일생으로 살아남을 수 있었다. 그리고 그가 목숨을 구할 수 있었던 것은 그의 숙달된 승마술 덕분이었다.

이런 모험을 겪은 뒤 그는 영국에서 안전한, 그렇지만

궁색한 피난처를 구한 모양이다. 나는 그 사실을 그 할아버지가 런던에서 인쇄한 소책자로 추측했다. 그 소책자를 나는 언젠가 뒤셀도르프 서재의 가장 높은 서가에 올라갔다가 우연히 발견하였다. 그것은 "호렙 산상의 모세"라는 제목을 단, 프랑스어로 씌어진 성담곡聖譚曲이었는데 아마도 앞서 말한 환영과 관련이 있는 것 같았다. 그러나 서문은 영어로 씌어져 있었으며 런던이라는 글귀가 적혀 있었다. 모든 프랑스어 시들이 그렇듯이 거기에 적힌 시들은 운을 맞춘 미지근한 물 같은 것들이었지만, 영어로 씌어진 서문의 글에는 궁색한 처지에 놓인 한 자존심 센 사나이의 불만이 드러나 있었다.

할아버지의 노트에서 나는 이 이상의 확실한 것은 찾아낼 수 없었다. 그 노트는 조심을 기하기 위해서였는지 대체로 아랍 글자나 시리아 글자 그리고 콥트 글자로 적혀 있었다. 그런데 이상하리만큼 프랑스어 인용구들이 많이 나타났다. 특히 다음 시구는 아주 빈번하게 인용되었다.

"순진함이 몰락한 곳에서 사는 것은 죄를 짓는 것

과 같다.”

프랑스어로 씌어진 다른 많은 표현들도 나를 놀라게 만들었다. 이 인용구는 글쓴이가 자주 사용한 관용구 같았다.

이 할아버지는 파악하기 힘든 수수께끼 같은 존재였다. 그는 18세기 초 · 중엽에나 가능했던 놀라운 삶을 영위했다. 그는 한편으로는 세계시민적이고 세계평화적인 유토피아를 떠들고 다닌 몽상가였고 다른 한편으로는 자신의 개성적인 힘에 의지하여 썩어 빠진 사회의 썩어 빠진 울타리를 부수거나 뛰어넘은 모험가였다. 하여든 그는 하나의 인간 그 자체였다.

그의 사기꾼적 기질은 부인할 수 없는 것이었지만, 그것은 속된 종류의 사기꾼 기질과는 구별되었다. 그는 시장 바닥에서 촌사람들의 이빨이나 강탈하는 저열한 사기꾼이 아니었다. 그는 오히려 거물급 인사들의 저택으로 과감하게 뚫고 들어가 지난날 보르도의 기사 휘온이 바빌론의 술탄에게 한 것처럼 그들의 가장 강력한 어금니를 뽑아냈다. 딸랑이를 흔들고 다니는 것도 다 장사라는 속담이 있듯이, 인생도 다른 장사와 마찬가지로 하나의 장사다.

그리고 저명한 사람치고 약간의 사기꾼 기질이 없는 사람이 있는가? 겸손을 가장한 사기꾼은 겸손한 척하는 오만함으로 사기꾼 중 가장 비열한 사기꾼이다! 대중에게 영향을 끼치려는 사람에겐 사기꾼의 양념이 필요하다.

목적이 수단을 신성케 한다. 사랑하는 하느님마저도 시나이산에서 십계명을 공표할 때 슬쩍 천둥과 번개를 치게 하는 일을 안 할 수 없었다. 그 십계명은 너무나 뛰어나 하느님이 보기에도 좋았기 때문에 번쩍이는 우라늄과 천둥 치는 북소리 따위의 양념은 사실 없어도 좋았다. 그러나 하느님은 산 밑에서 소와 양 떼를 이끌고 입을 헤벌리고 서 있는 그의 백성을 잘 알고 있었다. 그들에게는 분명히 영원한 사고의 모든 기적보다도 물리적인 재주가 훨씬 더 큰 감동을 줄 수 있었다.

어쨌든 간에 이 할아버지는 어린 소년인 나의 상상력을 한껏 자극했다. 사람들로부터 들은 그에 관한 이야기는 모두 어린 나의 마음에 지울 수 없는 인상을 남겨 놓았다. 나는 그가 겪은 방랑과 운명 속으로 깊이 빠져 들었고, 그런 까닭에 밝은 대낮에도 가끔 섬뜩한 느낌에 사로잡히곤 하였다. 그러다 보면 내가 돌아가신 할아버지인 것 같은 생각이 들었고 또한 내가 고작 이미 옛날에 돌아가신 할아버지의 삶을 이어서 살고 있는 것만 같았다.

밤에는 그것이 꿈속에 다시 나타났다. 당시의 나의 생활은, 상단 부분에는 현재, 즉 그날의 뉴스와 논란거리가 실리고, 하단에서는 시적인 과거가 연속되는, 꿈속에서 마치 연재소설처럼 환상적으로 펼쳐지는 하나의 커다란 일간지 같았다.

이 꿈들 속에서 나는 할아버지와 완전히 동일시되었다. 동시에 나는 내가 다른 사람이 되어 다른 시대에 살고 있음을 깨닫고 소스라치게 놀라곤 하였다. 꿈속에서는 내가 전에 한 번도 본 적이 없는 고장들이 나타났고, 꿈속에서는 내가 전혀 알지 못했던 상황이 벌어졌다. 그럼에도 불구하고 나는 그곳에서 자신있는 걸음걸이와 확고한 몸놀림으로 돌아다니고 있었다.

꿈속에서 나는 불타는 듯한 화려한 의상을 입고 모험가다운 거친 용모를 한 사람들을 만났다. 그렇지만 나는 마치 오래전부터 알고 있던 사람들에게 하듯 그들과 악수를 나누었다. 나는 그들이 하는 너무나 생소하고 한 번도 들어본 적이 없는 말을 알아들었으며, 놀랍게도 심지어 그들과 똑같은 말로 대답까지 하였다. 그러면서 나는 전혀 나의 것이라고 할 수 없는 격한 제스처를 해 보였으며, 심지어 나의 평상시의 생각과 극단적으로 반대되는 말을 하기도 하였다.

이 놀라운 상태는 일 년 정도 계속된 것 같다. 그 후 내가 스스로의 본질을 완전히 다시 되찾게 되었을 때에도 그 신비스런 흔적은 나의 영혼에 그대로 남았다. 타고난 나의 기질과 전혀 다른 병적인 혐오감이나 지나친 동정심, 반감 그리고 심지어 나의 사고방식과 모순되는 행동

따위가 나에게서 나타날 때마다 나는 그것을 내가 바로 내 자신의 할아버지였던 그 꿈속의 시절의 잔재라고 스스로 생각했다.

나 자신도 설명할 길 없는 실수를 범할 때면 나는 그것을 슬쩍 나의 동양인 도플갱어의 계산서에다 올려놓는다. 언젠가 조그만 실수를 얼버무려 넘기기 위해서 아버지에게 나의 그와 같은 가설을 이야기했더니 아버지는 짓궂은 말투로 이렇게 말했다. 나의 할아버지가 언젠가 내게 시불하도록 제시될지도 모를 어음에다 서명이나 하지 않았으면 좋겠다고.

지금까지 내게 그와 같은 동양의 어음이 제시된 적은 없다. 나는 오히려 나 자신이 발행한 서양 어음 때문에 큰 고통을 당해 왔다.

그러나 조상들이 우리에게 변제하도록 떠넘겨 놓은 금전적인 부채보다 훨씬 더 비열한 부채가 분명히 있다. 모든 세대는 다른 세대의 연속이며, 다른 세대의 행위에 대하여 책임을 지게 된다. 이런 글귀가 있다. "할아버지들이 설익은 포도를 먹으면, 손자들은 그로 인해 고통스럽게도 쭉정이 이빨을 갖게 된다."

연속되는 세대들 사이에는 연대책임이 작용한다. 다시 말해서 앞의 종족에 이어서 원형투기장에 등장하는 뒤의 종족들은 그와 같은 연대책임을 떠맡게 된다. 그리고 끝에 가서 전 인류는 과거의 큰 유산을 청산하게 되리라. 인류의 그 큰 채무장부는 요자화트 골짜기에서 파기되든가 아니면 이미 그 전에 전 세계의 파산으로 인해 폐기될지도 모른다.

유대인들의 입법자는 이 연대책임을 깊이 인식하였으며, 그것을 특히 상속권에 부여해 놓았다. 그에게는 한 개인이 죽은 뒤에도 영속한다는 개념은 없었던 것 같다. 즉 그는 가문의 불멸만을 믿었다. 모든 재산은 가문의 소유였다. 그렇기 때문에 어느 시점에 가서 다시 재산이 가문 구성원의 손에 들어가지 않을 정도로 재산을 없애 버린다는 것은 불가능했다.

모세의 법률이 갖는 이 인도주의적인 사고와 현격한

대비를 이루는 것이 로마법이다. 로마법은 상속권에 있어서도 로마인들이 지닌 성격상의 이기주의를 잘 보여주고 있다.

내가 여기서 이 문제에 대해서 연구하고자 하는 것은 아니다. 오히려 나는 나의 개인적인 고백을 계속하는 가운데 여기서 내게 제공된 기회를 이용하여 또다시 하나의 예를 통해서 전혀 무해한 사실들이 어떻게 때때로 나의 적들에 의해 악의에 찬 비방거리로 이용되었는가를 보여주고 싶을 뿐이다. 즉 나의 적들은 내가 이 자서전적인 고백 속에서 어머니 쪽 가계에 대해서는 아주 많은 이야기를 하면서도 나의 아버지 쪽 가계에 대해서는 전혀 아무런 언급도 하지 않고 있음을 알아냈다고 주장할 것이다. 그들은 이것을 한편에 대한 고의적인 강조와 다른 편에 대한 고의적인 침묵이라고 말하면서 지금은 없는 나의 동료 볼프강 괴테에게 퍼부어졌던 비난과 똑같은 공허한 속셈에서 내가 그런 것이라고 내게 뒤집어씌웠다.

괴테의 회상록에서, 엄격하고 무서운 신사로서 프랑크푸르트 시의회를 관장했던 부계 쪽의 할아버지에 대해서는 아주 기분좋게 자주 언급되고 있지만 보켄하임 거리에서 인품 있는 의복 수선공으로서 작업대에 쪼그리고 앉아 공화국의 낡은 바지를 수선하고 있던 모계 쪽의 할아버지에 대해서는 아무런 언급도 없는 것은 물론 사실이다.

괴테의 이러한 의도적인 무시와 관련해서 내가 괴테를 옹호할 이유는 없다. 그러나 나 자신에 관한 한 나는 그 악의에 차고 자주 남용된 해석과 비방에 대해서 말해 두고 싶은 것이 있다. 즉 나의 글에서 나의 부계 쪽 할아버지에 대한 이야기가 거의 나오지 않는다면 그것은 내 책임이 아니라는 것이다. 그 원인은 아주 간단하다. 내게는 그에 대해서 말할 거리가 결코 많지 않기 때문이다. 돌아가신 나의 아버지는 완전히 이방인으로서 나의 고향도시 뒤셀도르프로 왔기 때문에 이곳엔 친지가 한 사람도 없었고, 또한 어린 개구장이인 나에게 매일매일 스코틀랜

드의 음유시인처럼 백파이프로 반주를 하는 대신 코를 킁킁대며 서사적인 단조로운 음으로 옛 가문의 전설을 들려줄 여성 음유시인 같은 늙은 아주머니들도 없었다. 나의 어린 마음은 어머니 쪽 가문의 위대한 영웅들에 대해서만 그쪽 식구들을 통해서 일찍부터 많은 인상을 받았다. 나는 늙은 브로인레나 브룬힐디스가 이야기할 때 신경을 곤두세우고 들었던 것이다.

게다가 나의 아버지는 매우 말수가 적은 분이었다. 아버지는 말하는 것을 별로 좋아하지 않았다. 내가 아주 어린 꼬마로서 평일에는 황량한 프란체스코 수노원 학교에서 지내고 일요일은 집에서 지내던 그 언젠가 나는 기회를 보아 아버지한테 나의 할아버지는 어떤 분이었는지 물어보았다. 나의 물음에 아버지는 반쯤은 웃는 투로 그리고 반쯤은 무뚝뚝하게 이렇게 대답했다. "너의 할아버지는 키는 조그맣고 수염은 커다란 유대인이었단다."

다음 날 교실로 들어선 나는 벌써 나의 꼬마 급우들이 나와 모여 있는 것을 발견하고는 곧장 그들에게 중요한 새소식을 전하기 위해서 발걸음을 재촉했다. "우리 할아버지는 키는 조그맣고 수염은 커다란 유대인이었대."

나의 말이 끝나기가 무섭게 그 말은 입에서 입으로 날아다녔고 짐승 소리들 흉내와 함께 온갖가지 억양으로 되풀이되었다. 아이들은 책상과 걸상 위로 껑충껑충 뛰어다니며 벽에 걸린 서판들을 마구 떼어 냈다. 그것들은 잉크병들과 함께 바닥으로 곤두박질쳤다. 그와 동시에 웃는 소리, 매애 하고 우는 소리, 꿀꿀대는 소리, 멍멍대는 소리, 까악까악 소리가 들려왔다. 지옥과 같은 소란이었다. 이때 계속해서 후렴구로 되풀이된 말은 "얘네 할아버지는 키는 조그맣고 수염은 커다란 유대인이었대"였다.

우리 학급을 담당한 선생님이 그 소란 소리를 듣고는 화가 치밀어 시뻘개진 얼굴로 교실로 달려와 다짜고짜 그 소란을 일으킨 장본인이 누구냐고 물었다. 그와 같은 경우에 늘 그렇듯이 모두들 기어들어 가는 목소리로 변명거리를 찾았다. 그리하여 결국에 가서는 가엾은 내가 나의 할아버지 이야기를 해서 그 모든 소란을 일으킨 장본인으로 판명되었다. 나는 무수히 매를 맞는 것으로 나의 죄에 대한 대가를 치렀다.

그것은 내가 이 세상에 태어나 처음으로 맞아 본 매였다. 그때 이미 나는 철학적인 관찰을 하였다. 즉 매질을 창조하신 하느님은 그 분의 자비로운 예지로, 매질을 하는 자가 결국에 가서 지치든지 아니면 회초리가 부러지든지 둘 중의 하나가 되도록 해 놓으셨다는 것이다.

내가 얻어맞은 회초리는 노란 색깔의 등나무였다. 그러나 그 회초리가 나의 등에 남겨 놓은 자국은 시퍼랬다. 나는 지금도 그것을 잊지 않고 있다.

또한 나를 그도록 무자비하게 두들겨 팬 선생의 이름도 나는 잊지 않고 있다. 그는 디커샤이트 신부였다. 그는 얼마 뒤 학교에서 쫓겨났다. 그 이유도 나는 잊지 않고 있지만 여기서 굳이 밝히고 싶지는 않다.

자유주의는 기회만 있으면 성직자 계급을 비방해 왔다. 그러나 이제는 품위 없는 그 계급의 일원이 궁극적으로 인간의 본성이나 혹은 오히려 인간답지 못한 성격에 그 책임을 돌릴 만한 죄를 저질렀다고 해도 어느 정도 관대함을 베풀 때가 되지 않았나 싶다.

내게 생애 첫 매질을 해 댔던 그 사나이의 이름과 마찬가지로 매질의 동기가 되었던 일, 즉 나의 혈통에 대한 불행스런 보고도 나의 기억 속에 남아 있다. 그리고 어린 시절에 겪은 그 일의 인상의 여파가 얼마나 컸던지 그 후로 나는 큰 수염의 작은 유대인이라는 말만 들어도 그 끔찍했던 기억이 되살아나 등줄기가 오싹해지곤 하였다. 속담에 "끓는 물에 데인 고양이는 끓는 솥만 보아도 무서워한다"는 말이 있다. 그러므로 그 후로 내가 그 위험스런 할아버지와 그의 혈통에 대해서 더 자세한 이야기를 알고 싶어하거나 예전에 어린 청중에게 한 것처럼 큰 청중에게 그와 관련된 이야기를 하고 싶은 마음을 별로 갖지 않았으리라는 것은 누구나 쉽게 이해할 수 있을 것이다.

아버지 쪽의 할머니에 대해서는—물론 나는 그녀에

대해서도 말할 거리가 별로 많지 않다—그러나 언급하지 않을 수 없다. 그녀는 뛰어난 미인이었으며, 재산가로 널리 이름을 날린 함부르크 은행가의 외동딸이었다. 이러한 정황으로 미루어 그 아름다운 여인을 그녀의 유복한 양친의 품에서 자신이 살고 있는 하노버로 데리고 간 그 조그만 유대인은 그의 커다란 수염 외에도 아주 칭송받을 만한 성품을 지녔으며 대단히 존경할 만한 인물이었음이 틀림없는 것 같다.

그는 모두 아직 어린 여섯 명의 사내 아이들과 젊은 아내를 남긴 채 젊은 나이에 죽었다. 그녀는 함부르크로 돌아가 그곳에서 역시 별로 많지 않은 나이에 죽었다.

함부르크에 사는 나의 삼촌 잘로몬 하이네의 침실에서 나는 언젠가 할머니의 초상화를 본 적이 있다. 렘브란트풍으로 빛과 그림자의 효과를 노린 화가는 그 초상화에다 수도원에서 쓰는 검은 머리 가리개와 역시 엄격한 모습의 검은 두루마기 그리고 새까만 배경을 주었기 때문에 볼이 오동통한 이중턱의 그 얼굴은 마치 밤하늘의 구름 사이로 은은한 빛을 뿌리는 보름달 같았다.

그녀의 얼굴 표정은 여전히 대단한 미인의 흔적을 보여 주고 있었다. 그 표정은 온화하면서도 진지했다. 그리고 특히 부드러운 피부색은 얼굴 전체에 독특한 성격의 고귀한 표정을 주었다. 만약에 그 화가가 이 부인의 가슴에 큰 다이아몬드 십자가를 그려 놓았더라면, 사람들은 분명히 프로테스탄트 귀족 수도원의 후작 작위를 받은 여수도원장을 보고 있다고 생각했을 것이다.

나의 할머니가 낳은 자식들 중에서는 내가 아는 한두 명의 자식만이 그녀의 뛰어난 미모를 물려받았다. 그것은 바로 나의 아버지와, 함부르크에서 은행장을 지내다가 돌아가신 삼촌 잘로몬 하이네였다.

나의 아버지의 아름다움은 지나치게 부드럽고 특색이 없었기 때문에 거의 여성적이었다. 그러나 그의 동생은 남성다운 아름다움을 갖고 있었다. 그의 강한 성격은 고귀하고도 균형 잡힌 얼굴 표정에서도 당당하게, 때로는 심지어 놀랍게 나타났다.

삼촌의 아이들은 하나도 빠짐없이 황홀하도록 아름답게 꽃피어났다. 그러나 한창 피어나고 있던 그들을 죽음의 사자가 저승으로 끌고 가 버렸고 이제는 그 아름다운 인간들의 꽃다발 중에서 단 두 송이만이 살아남았다. 그것은 지금의 은행장과 그의 여동생이다. 보기 드문 자태의 그 여동생—.

나는 이 아이들을 모두 좋아했다. 그리고 나는 그들의 어머니도 좋아했다. 그들과 마찬가지로 아름다웠던 그녀는 일찍 세상을 떴다. 그들 모두 내게 숱한 눈물을 흘리게 만들었다. 나는 정말 이 순간, 눈물 나는 나의 생각을 감추기 위해 나의 어릿광대 모자에 달린 방울을 흔들지 않을 수 없다.

5

fünf

창밖에는 산더미처럼 눈이 쌓이고

창밖에는 산더미처럼 눈이 쌓이고
우박이 펑펑 쏟아지고 폭풍 몰아쳐
유리창이 시끄럽게 흔들린다 해도,
나는 결코 한탄하지 않을 거예요,
내 가슴속 깊이 나는 사랑하는 이의
모습과 봄기운을 품고 있으니까요.

앞에서 나는 나의 아버지의 아름다움이 여성적이라고 말했다. 그러나 내가 이로써 그의 아름다움에 남성적인 면이 전혀 없었음을 밝히려는 것은 아니다. 남성다운 면을 아버지는 특히 젊은 시절에 자주 과시하였다. 그리고 나 자신이 결국 그것에 대한 살아 있는 증거물이다. 이것을 무례한 표현이라고 할 수는 없을 것이다. 왜냐하면 나는 아버지의 겉으로 드러난 육체적인 모습만을 알고 있었기 때문이다. 그의 몸은 단단하고 힘에 넘치게 생기지 않았으며 오히려 부드럽고 다정한 모습이었다. 그의 얼굴엔 확실한 윤곽이 없었고 이목구비의 경계가 희미했다. 말년에 접어들어서 아버지는 살이 쪘다. 그러나 아버지는 젊은 시절에도 그렇게 마른 편은 아니었던 것 같다.

나의 이 같은 추측을 뒷받침해 주는 것은 한 점의 초상화이다. 언젠가 어머니집의 화재로 없어진 그 초상화는 붉은 제복에 머리에는 분을 뿌리고 모대毛袋를 한, 열 여덟아홉 살가량 된 젊은이로서의 아버지를 보여 주고 있다.

이 초상화는 다행스럽게도 파스텔로 그려졌다. 내가 여기서 '다행스럽게도'라는 말을 사용한 까닭은, 파스텔화가 광택 캔버스용 바니시까지 덧붙여 사용하는 유화보다 분을 뿌린 사람들의 얼굴에서 볼 수 있는 꽃가루를 훨씬 잘 재현할 수 있을 뿐만 아니라 또한 뚜렷하지 못한 얼굴 윤곽을 유리하게 잘 가려 주기 때문이다. 이 초상화에서 화가는 분필처럼 하얀 분과 역시 하얀 목깃받침으로 장밋빛 얼굴을 에워쌈으로써 대조법을 통해서 얼굴에 한층 강렬한 색조를 주었다. 그 결과 아버지의 얼굴은 더욱 힘차 보인다.

유화에서라면 우리를 향해 소름끼치게 히죽거리며 쳐다보는 듯한 느낌을 주었을 상의의 진홍색도 여기서는 오히려 그 반대로 훌륭한 효과를 자아내고 있다. 왜냐하면 그렇게 함으로써 얼굴의 장밋빛이 보기 좋게 완화되었기 때문이다.

이 초상화의 얼굴에 표현된 미의 유형은 그리스의 예술작품들이 지닌 엄격하고도 순결한 이상성도, 또한 르네상스의 영적으로 열광하면서도 이교도적인 건강성으로 가득 찬 양식도 연상시키지 않았다. 그렇다, 이 초상화는 오히려 오로지 어떤 특징도 없던 시대, 즉 아름다움보다는 예쁜 것, 매력적인 것, 요염하고 사랑스러운 것을 사랑하던 시대의 특징을 갖고 있었다. 그 시대는 그러한 무미함을 문학에까지 끌어들인 시대, 저 달콤한 당초문의 시대, 즉 로코코의 시대였다. 사람들은 이 시대를 모대의 시대라고도 불렀으며, 실제로 사람들은 모대를 이마가 아닌 뒤통수에 하나의 상징으로 달고 다녔다. 이 초상화의 아버지의 모습이 좀더 세밀화로 그려졌더라면, 사람들은 그 그림을 뛰어난 와토(1684–1721. 프랑스의 화가—옮긴이)가 영롱한 보석과 금빛 장식으로 가장자리가 장식

된 마담 퐁파두르(루이 15세의 애첩—옮긴이)의 부채에다 환상적인 당초문을 과시하기 위하여 그런 거라고 생각했을지도 모른다.

주목할 만한 것은 아마도 나의 아버지가 우리가 생각할 수 있는 머리카락 중 가장 멋진 머리카락을 갖고 있었는데도 불구하고 늙어서도 옛 프랑켄식으로 머리에 분을 뿌리는 유행을 고집하여 죽을 때까지 매일매일 분을 뿌리도록 했다는 사실일 것이다. 아버지의 머리카락은 금발로 거의 황금빛에 가까웠으며 중국의 생사生絲에서나 볼 수 있는 부드러움을 지녔다.

아버지는 할 수만 있다면 모대도 끝까지 고수하고 싶었을 것이다. 그러나 진보하는 시대정신은 무자비했다. 이러한 곤경에서 아버지는 한 가지 위안이 되는 방책을 발견하였다. 아버지는 겉모양, 즉 검정색의 조그만 주머니만을 희생하였다. 그러나 그 후로 아버지는 긴 곱슬머리를 쪽진 머리처럼 둥글게 만들어 조그만 빗으로 머리에다 고정시키고 다녔다. 이 쪽진 머리는 부드러운 머릿

결과 분 덕분에 거의 눈에 띄지 않았다. 이리하여 나의 아버지는 근본적으로는 옛 모대 방식을 배반한 사람이 되지 않았다. 그는 많은 비밀 정교도들처럼 살벌한 시대정신에 겉으로만 순응하였던 것이다.

앞서 언급한 초상화에서 나의 아버지가 입고 있던 빨간색 제복은 나의 아버지가 하노버 공국에 근무했음을 알려 준다. 나의 아버지는 에른스트 폰 쿰버란트 왕자를 수행하여 프랑스혁명 초기에 병참상사의 자격으로 또는 경리관 또는 프랑스 사람들이 부르는 대로 먹구장교로서 플랑드르와 브라반트 원정에 동참하였다. 프로이센 사람들은 이 먹구장교를 "밀가루 벌레"라고 부른다.

그러나 이 새파란 젊은이가 맡은 본래의 직분은 왕자의 총아 역할이었다. 즉 빳빳한 넥타이를 매지 않은 소小브루멜(섬세한 유행 취미로 유명하며 영국왕 조지 4세의 총애를 받은 인물—옮긴이)의 역할이었다. 결국에 가서 아버지는 왕자의 총애의 장난감이 되는 운명을 짊어졌다. 나의 아버지는 평생 동안 나중에 하노버 왕국의 왕이 된 그 왕자가 자신을 결코 잊지 않고 있으리라고 굳게 믿고 있었다. 그러나 아버지는 왕자가 왜 한 번도 그를 부르러 사람을 보내지 않는 건지, 예전의 자신의 총아가 자신의 도움을 필요로 하는 상황 속에서 살고 있는지 어떤지 모르면서도 어찌하여 왕자가 한 번도 그의 안부를 물어 오지 않는 건지 스스로 설명할 도리가 없었다.

나의 아버지의 여러 가지 위험스런 도락들은 그 원정 시절부터 시작되었다. 어머니는 아버지의 그런 도락들을 끊게 하느라고 오랫동안 고생을 해야 했다. 예를 들어 그는 쉽게 고등마술馬術에 빠져들었으며, 연극을, 아니 연극의 여주인공들을 후원하였다. 그리고 말과 개들도 그의 탐닉거리였다. 뒤셀도르프로 올 때—그가 이곳에 상인으로 정착한 것은 어머니에 대한 사랑 때문이었다—아버지는 가장 훌륭한 말 열두 필을 가지고 왔다. 그러나 그는 젊은 아내의 간곡한 부탁에 이 말들을 처분해 버렸다. 그의 아내는 그에게 이 네 발 달린 재산이 아무런 소득도 가져다 주지 않고 너무 많은 귀리를 먹어 치운다고 알아듣도록 설명했던 것이다.

이보다 더 힘들었던 것이 어머니에게는 마부장을 해고하는 일이었다. 그는 늘 오가다 만난 뜨내기를 불러들여 마구간에 누워서 카드나 치는 불한당 같은 놈이었다. 그는 결국 아버지의 금 회중시계와 값나가는 다른 보석들을 가지고 제 발로 나가 버렸다.

어머니는 그 아무짝에도 쓸모없는 인간을 내쫓은 후 나의 아버지의 사냥개들도 한 마리만 남겨 놓고 모두 해고해 버렸다. 그 개의 이름은 욜리였고 무척 못생긴 개였다. 그 개가 어머니의 은총을 받을 수 있었던 것은, 그 녀석이 사냥개 기질을 하나도 갖고 있지 못했고 시민적으로 충실하고 미더운 집개는 될 수 있었기 때문이다. 그 개는 텅 빈 마구간에 있는 나의 아버지의 낡은 경마차 속에서 살았다. 아버지가 이곳에서 그 개와 마주치면, 그 둘은 서로 의미심장한 눈길을 나누었다. "그래, 욜리!" 하고 아버지는 이어서 한숨을 내쉬었다. 그러면 욜리는 슬프게 꼬리를 흔들었다.

나는 그 개가 꾀병쟁이였다고 생각한다. 그리고 언젠가 아버지가 기분이 나쁠 때 발길로 걷어차 그의 총아가 지나치게 낑낑대며 신음 소리를 내자 아버지는 이놈의 사기꾼이 꾀병을 부리고 있다고 말한 적이 있다. 결국 욜리는 지독한 비루병에 걸렸다. 욜리가 벼룩들의 이동막사가 되어 버렸기 때문에 우리는 욜리를 물속에 처넣어 죽이지 않을 수 없었다. 이에 대해 아버지는 아무런 이의를 달지 않았다.—인간들은 그들의 네 발 달린 총아들을 마치 왕들이 두 발 달린 총아들을 희생시킬 때와 똑같은 냉담함으로 희생시키는 것이다.

아버지가 야전생활을 한 시절부터 군인 신분에 대한, 아니 병정놀이에 대한 한없는 그의 편애가 시작된 것 같다. 그것은 번쩍이는 계급장과 빨간 견장이 마음의 공허를 덮어 주고 도취한 허영심이 용기로 여겨지는 즐겁고 한가로운 삶에 대한 기쁨이었다.

도련님 같은 아버지의 분위기 속에는 군인다운 진지함도 없었고 진정한 명예욕도 없었다. 따라서 영웅주의 같은 말은 언급조차 할 수 없었다. 아버지에게 중요한 것은 위병 사열과 철커덕대는 대검띠와 멋진 사나이들에게 잘 어울리는 몸에 꽉 끼는 제복이었다.

그러니 뒤셀도르프에 시민근위대가 창설되어 아버지가 그 부대의 장교로서 하늘색 커프스가 달린 멋진 짙푸른 제복을 입고 그의 부대의 선두에 서서 우리 집 옆을 분열행진하여 지나가게 되었을 때 나의 아버지는 얼마나 행복했을까! 얼굴을 붉히며 창가에 서 있던 나의 어머니를 향해 그는 지극히 정중한 예의를 갖추어 거수 경례를 붙였다. 아버지의 삼각모에 달린 장식 깃털은 멋지게 휘날렸고, 견장은 햇살을 받아 기쁘게 반짝였다.

그 시절 나의 아버지가 이보다 더 행복해 했던 것은 지휘관 자격으로 경비본대에 나가서 시의 안전을 지키는 순번이 찾아왔을 때였다. 그런 날에는 경비본대에서는 가장 잘 익은 뤼델스하이머와 아스만호이저 포도주가 넘

쳐흘렀다. 그 모두는 지휘관인 아버지가 내는 것이었다. 그러면 그의 시민위병들은 너나 할 것 없이 그의 큰 씀씀이를 칭송하기에 입이 닳을 지경이었다.

또한 나의 아버지는 그들 사이에서 인기를 누렸는데, 그것은 분명히 지난날 근위병들이 나폴레옹 황제를 향해 열광적으로 소리를 지를 때만큼의 큰 인기였다. 물론 나폴레옹은 그의 부하들을 다른 방법으로 취하게 하는 법을 알고 있었다. 나의 아버지의 근위병들에게도 어느 정도의 용기가 없지는 않았다. 특히 그들의 용기는 일군의 포도주병을, 즉 그것들의 엄청나게 큰 구경의 포구를 기습하는 일과 관련될 때 나타났다. 그러나 그들의 영웅적인 용기는 우리가 나폴레옹의 옛 근위병들에게서 보았던 것과는 그 종류가 완전히 다른 것이었다. 나폴레옹의 근위병들은 죽었으며 토하지는 않았다. 그러나 나의 아버지의 근위병들은 여전히 살아남았으며 자주 토했다.

뒤셀도르프 시의 보안에 관한 한, 나의 아버지가 경비본대를 지휘하는 밤에는 특히 그 상태가 위험스럽게 보였을 것이다. 물론 아버지는 신경을 써서 순찰병들을 내보냈다. 그러나 그들은 노래를 부르고 찰카닥 소리를 내며 도시 곳곳을 제멋대로 돌아다녔다. 어느 날은 이런 일이 일어났다. 즉 그 순찰병들 중 두 사람이 어둠 속에서 마주치자 서로 상대방을 술주정꾼과 치안교란자로 체포하려고 하였다. 다행스럽게도 우리 고향 사람들은 남에게 해를 끼치지 않는 쾌활한 사람들이다. 그들은 술에 취하면 사람이 좋았다. "정말 좋은 포도주야." 그래서 불행한 일은 일어나지 않았다. 그들은 교대로 토했다.

거칠 것 없는 삶의 기쁨이 나의 아버지의 성격상의 기본 특징이었다. 아버지는 향락을 추구했고, 쾌활했으며, 장미 같은 기분이었다. 그의 마음속은 언제나 잔칫날이었다. 가끔 춤곡이 제대로 울리지 않아도, 그는 바이올린들의 음을 늘 맞추었다. 언제나 하늘처럼 푸른 명랑함과 경쾌함의 팡파레. 어제 일은 잊어버리고 다가오는 아침은 생각하지 않으려는 태평스러움.

그의 이런 성격과 놀라울 정도의 모순을 이루던 것이 바로 그의 과묵한 얼굴에 번져 있고 또 그의 태도와 몸놀림에서 엿보이는 엄숙함이다. 아버지를 잘 모르는 사람으로서 그의 진지하고 분을 뿌린 모습과 그 진지한 태도를 처음으로 접하는 사람은 어쩌면 그리스의 7현인 중의 한 사람을 보고 있다고 생각할지도 모른다. 그러나 좀더 사귀어 보면 그가 탈레스도 아니요 우주진화론 문제에 대해 골똘히 생각한 람프사쿠스도 아니라는 사실을 알게 될 것이다. 그의 엄숙함은 빌려 온 것은 아니었지만, 그 진지한 태도는 즐거운 표정의 아이가 제 얼굴 앞에다 커다란 비극의 가면을 대고 있는 고대 그리스의 양각陽刻을 연상시켰다.

아버지는 정말로 어린애 같은 순진함을 지닌 다 큰 아이였다. 그의 이와 같은 순진함은 무미건조하기 이를 데 없는 오성의 대가의 눈으로 보면 금방 단순함으로 치부되고 말았겠지만, 가끔 그것은 깊이 있는 말로써 극히 의미심장한 직관력을 보여 주곤 하였다.

현자들이 아주 더디게 성찰을 통해서 파악한 것을 아버지는 그의 정신의 촉수로 금방 알아차렸다. 아버지는 머리가 아닌 가슴으로 생각했다. 그리고 아버지는 사람들이 생각할 수 있는 가장 상냥한 가슴을 갖고 있었다. 가끔 그의 입술 주위로 떠돌며 앞서 언급한 그의 엄숙함과 너무나 우스꽝스럽게 대조를 이루던 아버지의 미소는 그의 착한 마음씨의 달콤한 반영이었다.

아버지의 목소리 역시 남성적이고 낭랑하기는 했지만 어딘가 모르게 앳된 구석이 있었다. 숲의 소리나 작은부리울새의 울음소리를 연상시킨다고나 할까. 그가 말을 하면 그 소리는 직접 가슴으로 파고들었다. 그렇기 때문에 그의 목소리는 귀를 통과하는 길을 전혀 필요로 하지 않는 것 같았다.

아버지는 하노버 사투리를 썼다. 하노버는 이 도시의 남쪽 인접 지역에서처럼 독일어 발음이 가장 좋은 곳이다. 그처럼 이미 어린 나이에 아버지를 통해서 나의 귀가 독일어의 훌륭한 발음에 익숙해질 수 있었다는 것은 나에게는 정말 커다란 행운이었다. 반면에 우리 도시에서도 이미 저 치명적인, 라인 강 하류 지방의 뭐가 뭔지 모를 잡탕말이 사용되고 있다. 그 말은 뒤셀도르프에서는 아직 그런대로 참을 만하지만 근처의 쾰른에 이르면 정말 구역질이 날 지경이다. 쾰른은 전통적으로 독일어 발음이 나쁘기로 소문난 토스카나(토스카나에서는 원래 가장 아름다운 이탈리아어가 쓰인다—옮긴이)이다. 그리고 코베스는 마리 체빌(두 사람은 쾰른의 인형극장 인물들—옮긴이)과 함께 썩은 계란 소리처럼 울리는, 아니 거의 썩은 계란 냄새를 풍기는 사투리로 파벌을 만들었다.

뒤셀도르프 사람들의 말에서는 이미 네덜란드 늪의 꽥꽥대는 개구리 울음소리로 넘어가는 과도기가 느껴진다. 물론 네덜란드 말에 깃들어 있는 독특한 아름다움을 부정하려는 것은 결코 아니다. 나는 다만 네덜란드 말의 아름다움을 알아들을 귀가 내게 없다는 것을 고백하고 싶을 뿐이다. 네덜란드의 애국적인 언어학자들의 주장처럼 우리가 사용하는 독일어가 타락한 네덜란드 말에 불과하다는 것이 어쩌면 사실일지도 모른다. 가능한 이야기다.

이것은 원숭이가 인류의 조상이라고 하는 어느 세계시민적인 동물학자의 주장을 연상시킨다. 그의 의견에 따르면 인간은 다만 교육을 받은, 아니 지나치게 많은 교육을 받은 원숭이일 뿐이다. 만약에 원숭이들이 말을 할 수 있다면, 그들은 인간들이 변질된 원숭이들일 뿐이라고, 인류는 타락한 원숭이라고 주장할 것이다. 독일어가 타락한 네덜란드어라는 네덜란드 사람들의 주장처럼.

나는 여기서 '만약에 원숭이들이 말을 할 수 있다면'이라는 표현을 썼다. 물론 나는 그들이 전혀 말을 하지 못한다고 확신하는 것은 아니다. 세네갈의 흑인들은 원숭이들이 우리와 똑같은 인간들이라고, 아니 우리 인간들보다 훨씬 더 영리하다고 굳게 확신하고 있다. 그 까닭은 원숭이들이 인간으로 인식되어 노동을 강요당하게 되는 것을 막기 위해 일부러 말을 하지 않기 때문이라는 것이다.

그리고 우스꽝스러운 원숭이들의 재주도 사실은 지상의 권력자들의 눈에 우리들처럼 착취의 대상이 되기에는 부족한 존재로 보이게 하기 위해서 하는 꾀바른 짓이라는 것이다.

이와 같은 모든 허영의 포기는 나로 하여금 말없는 익명성을 유지하면서 어쩌면 우리의 단순함을 비웃는지도 모를 이 인간들(원숭이들)을 아주 높이 평가하게 만든다. 이들은 자연상태를 포기하지 않고 그들의 숲 속에서 자유롭게 살고 있다. 그러기에 그들은 인간이야말로 변질된 원숭이라고 자신 있게 주장할 수 있는 것이다.

우리의 선조들은 18세기에 이미 그와 같은 것을 예견했던 것 같다. 그들은 우리의 매끄러운 과도한 문명이 껍질에만 바니시를 바른 썩은 것에 불과하며 따라서 자연으로 되돌아가는 일이 정말로 필요하다는 것을 본능적으로 느끼고서 우리의 원형인 자연 상태의 원숭이에 다시 가까워지려고 하였다. 그들은 자신들이 할 수 있는 일은 다했다. 그리하여 그들에게 마침내 완벽한 원숭이가 되는 데 있어서 꼬리만이 부족하게 되자 그들은 이 부족한 부분을 변발로 대체하였다. 그러므로 변발의 유행은 이처럼 진지한 필요성의 중요한 징후이지 경박한 놀이는 아닌 것이다.—하지만 돌아가신 나의 아버지를 생각할 때마다 밀려오는 슬픔은 아무리 광대모자의 방울을 세차게 울려도 지울 수가 없다.

아버지는 내가 이 세상의 모든 사람들 중에서 가장 사랑한 분이었다. 아버지가 돌아가신 지 벌써 25년이 넘었다. 나는 내가 언젠가는 아버지를 잃게 되리라고 생각한 적이 한 번도 없었다. 지금 이 순간도 나는 아버지를 정말로 잃었다는 사실을 믿을 수 없다. 우리가 이처럼 마음속으로 깊이 사랑하는 사람들의 죽음을 인정한다는 것은 이렇듯 어려운 일이다. 그러나 그들 역시 죽지 않았다. 그들은 우리들 가슴속에 계속해서 살고 있다. 그들은 우리들의 영혼 속에 거처를 갖고 있는 것이다.

그 뒤로 내가 돌아가신 아버지를 생각하지 않고 지나

간 밤은 단 하루도 없었다. 그리고 아침에 눈을 뜨면 어떤 때에는 아버지의 목소리의 울림이 꿈속의 메아리처럼 들려오는 것 같았다. 그러면 그때마다 내가 어렸을 때 그랬던 것처럼 얼른 옷을 입고서 아래층의 큰 방에 계신 아버지에게로 달려가야 할 것만 같은 생각이 들었다.

나의 아버지는 여름이나 겨울이나 언제나 새벽같이 일어나서 그날 일을 시작하였다. 내가 일어나 보면 아버지는 벌써 책상에 앉아 있었다. 내가 그곳으로 다가가면 아버지는 돌아다보지도 않은 채 내게 입을 맞추라고 손을 내밀었다. 아름답고 잘생긴 고귀한 손이었다. 아버지는 손을 늘 편도 기울로 씻었다. 지금도 그 손이 눈에 선하게 보인다. 내 눈에는 지금도 눈부시게 하얀 대리석 같은 손 위로 졸졸 흐르던 파란 힘줄들 하나 하나가 보인다. 싸한 편도의 향기가 나의 콧속으로 스며드는 듯하다. 나의 눈에 눈물이 맺힌다.

때때로 그것은 손등에 입을 맞추는 것만으로 끝나지 않았다. 아버지는 나를 아버지의 무릎 사이에 끼우고서 나의 이마에 입을 맞추어 주었다. 어느 날 아침 아버지는 그날 따라 나를 유난히 다정하게 끌어안고는 이렇게 말했다. "지난밤에 멋진 네 꿈을 꾸었단다. 나는 네게 정말로 만족이다, 사랑하는 하리야." 이 말을 하는 동안 아버지의 입가에는 미소가 맴돌았다. 그 미소는, '하리가 실제로 깨어 있을 땐 버릇없이 굴어도 나는 이 애를 구김살 없이 사랑하기 위하여 언제나 이 아이의 좋은 것만 꿈꿀 거야'라고 말하는 것 같았다.

하리는 영국인들 사이에서는 헨리의 애칭이다. 그리고 이 이름은 나의 독일 세례명인 하인리히와 정확히 일치한다. 하인리히라는 이름의 애칭을 나의 고향의 사투리로 하면 그 울림이 정말로 좋지 않다. 심지어 우스꽝스럽게 들리기까지 한다. 하인츠, 하인츠헨, 힌츠 등으로 말이다. 작은 집의 요마 이름도 종종 하인츠헨이라고 부른다. 그리고 인형극에 나오는 장화 신은 고양이뿐만 아니라 민간 우화에 등장하는 수고양이 이름은 모두 "힌체"이다.

그러나 이 같은 불쾌감을 없애기 위해서가 아니라 영국에 사는 절친한 한 친구를 기리기 위해서 나의 이름은 아버지에 의해 영어식으로 지어졌다. 하리 씨는 리버풀에 사는 나의 아버지의 거래 상대자였다. 그는 그 지역에서 가장 훌륭한 벨벳을 생산하는 공장들을 잘 알고 있었다. 벨벳이 나의 아버지가 가장 애착을 가진 거래 상품이었는데, 그것은 사리사욕 때문이 아니라 공명심 때문이었다. 아버지는 이 상품으로 많은 돈을 벌 수 있다고 말했지만, 사실 그것은 너무나 의심스러웠다. 그리고 나의 아버지는 그의 경쟁상대들보다 더 훌륭한 질의 벨벳을 더 많이 판매할 수만 있다면 비록 손해를 보더라도 더 많은 돈을 투자했을 것이다. 나의 아버지는 계산은 늘 했지만 본디 계산적인 상인정신을 갖고 있지 못했다. 그리고 아버지에게 있어서 장사는 오히려 하나의 놀이였다. 아이들이 병정놀이나 소꿉놀이를 하듯이 말이다.

아버지가 하는 일이란 끊임없이 분주하게 움직이는 것에 불과했다. 벨벳은 그가 애지중지하는 인형이었다. 커다란 짐 마차에서 물건이 내려지고 상품용으로 짐을 꾸릴 때 벌써 가까운 곳의 유대인 상인들이 현관을 가득 채우고 있는 것만 보아도 아버지는 행복해 했다. 왜냐하면 그들은 아버지의 가장 훌륭한 고객이었고, 그의 벨벳은 그들에게서 가장 큰 매상을 올렸을 뿐만 아니라 그들의 호평도 받고 있었기 때문이다.

사랑하는 독자여, 그대가 혹시 "벨벳"이 무엇인지 모를 것 같아서 설명해 보겠다. 이 말은 영어로서 우단 종류의 것을 의미한다. 솜으로 만든 일종의 우단을 이렇게 부른다. 이것을 소재로 하여 아주 멋진 바지와 조끼 그리고 재킷도 만든다. 이 옷감은 이것이 처음 만들어진 도시의 이름을 따서 "맨체스터"라고도 불린다.

그런데 벨벳을 사들이는 데 남다른 수완을 갖고 있던, 아버지의 친구 이름이 하리였던 까닭에, 나도 그 이름을 갖게 되었다. 그리하여 나는 집안 식구들과 우리 집에 자주 드나들던 사람들 그리고 이웃사람들에 의해 하리라는 이름으로 불리었다.

이 이름 때문에 내가 큰 불쾌감을, 어린 시절에 겪은 것 중 가장 견디기 힘든 불쾌감을 맛보기는 했지만, 지금에 와서 이 이름을 들으면 나는 정말 기분이 좋아진다. 더 이상 세상 사람들과 교류도 없고 따라서 모든 사회적인 공명심이 나의 영혼 속에서 꺼져 버린 지금에 와서야 나는 그 일에 대해서 아무런 편견 없이 말할 수 있는 것이다.

이곳 프랑스에서는 내가 파리에 도착한 즉시 나의 독일어 이름인 "하인리히Heinrich"가 "앙리Henri"로 번역되었다. 나는 그것을 어쩔 수 없이 받아들였으며 마침내 이곳에서는 나 스스로도 나를 그렇게 불렀다. 그것은 하인리히라는 말이 프랑스 사람들의 귀에 익숙하지 않은 데다가 프랑스인들은 이 세상의 모든 것들을 자신들에게 편리하게 만드는 경향이 있기 때문이었다. 또한 그들은 "앙리 하이네Henri Heine"라는 이름도 제대로 발음하지 못했다. 그 결과 나는 대부분의 사람들에게 앙리 엔 씨로 불렸다. 많은 사람들에 의해서 이것은 또다시 앙리엔느Enrienne로 축약되었다. 그리고 또 몇몇 사람들은 나를 앵리 엥Un rien('아무것도 아닌 것'이라는 뜻의 프랑스어 단어—옮긴이) 씨라고 불렀다.

이것이 나의 여러 문학적 관계에 해를 끼치기도 했지만 약간의 이득도 가져다주었다. 이를테면 파리를 찾아오는 나의 지체 높은 동국인들 중에는 이곳에서 나를 헐뜯으려는 사람들이 많은데, 그들은 나의 이름을 늘 독일어로 발음하기 때문에, 프랑스 사람들은 그들이 그토록 끔찍하게 욕하고 있는 악당이자 맑은 샘을 더럽히는 자가 다름 아닌 그들의 친구 앙리 엥느 씨라는 사실을 까맣게 모르고 있다. 따라서 고귀한 그들의 고삐 풀린 도덕적 열광은 아무런 소득도 올리지 못한다. 프랑스 사람들은 그 사람들이 내 이야기를 하고 있다는 사실을 알지 못한다. 라인강 저편의 미덕이 쏜 중상의 화살은 모두 헛방이 되어 버렸다.

그러나 앞에서 말했듯이 사람들이 우리의 이름을 잘못 발음하면 불쾌한 느낌이 드는 것은 사실이다. 그럴 경우 아주 민감하게 반응하는 사람들이 있다. 언젠가 나는 농

담으로 늙은 케루비니Cherubini(1760–1842. 이탈리아의 작곡가—옮긴이)에게 이렇게 물은 적이 있다. 나폴레옹 황제가 이탈리아어를 아주 잘 알고 있었음에도 이탈리아어에서 ch가 어떤 경우에 que나 k로 발음되는가를 알아보기 위해 당신 이름을 케루비니가 아니라 쉐루비니라고 불렀다는 게 사실입니까? 나의 이 질문에 그 노대가는 정말 우스꽝스럽게 분노를 터뜨리며 자신의 속마음을 털어놓았다.

나는 그런 분노를 한 번도 느낀 적이 없다.

하인리히, 하리, 앙리—이 이름들은 예쁜 입술에서 살짝 미끄러져 나오면 모두 울림이 좋다. 물론 가장 울림이 좋은 것은 시뇨르 엔리코이다. 나는 그 고상하고 불행한 나라의 커다란 은빛 별들로 수놓인 여름밤에 그렇게 불리었다. 그 나라는 미의 고향이며 라파엘로 산치오 디 우르비노, 조아키노 로시니 그리고 크리스티나 벨지오지소 공주를 낳은 나라이다.

나의 몸 상태는 언젠가 다시 사회 생활을 할 수 있으리라는 희망을 내게서 앗아가 버렸고 그 결과 사회가 이제 더 이상 나를 위해 존재하지 않게 되었기 때문에, 나는 사람들 속에서, 이른바 세계 속에서 떠돌아야 하는 운명의 모든 이에게 달라붙어 있는 개인적인 허영심의 질곡도 벗어던져 버렸다.

그렇기 때문에 나는 지난날 나의 이름 "하리"와 관련해서 내 인생의 그 화창한 봄날을 망가뜨리고 독을 뿌려 댔던 그 불행에 대해서 서슴없이 이야기할 수 있는 것이다.

그 사정은 이렇다. 나의 고향도시에 "드렉(쓰레기—옮긴이)미헬"이라고 불리는 한 사나이가 살았다. 그렇게 불린 까닭은 그 사나이가 매일 아침 당나귀가 끄는 마차를 타고 시내 거리마다 돌아다니며 집집마다 멈추어 서서 식모들이 예쁘게 쌓아 놓은 쓰레기 더미를 실은 다음 시내에서 빠져나가 쓰레기 하치장으로 운반했기 때문이다. 그 사나이의 모습은 그가 하는 일과 꼭 닮아 있었다. 주인과 꼭 닮은 당나귀는 집 앞에 조용히 서 있거나, 미헬이 "하아뤼!" 하고 외치는 소리의 높낮이에 따라 달음박질을 쳤다.

하뤄는 당나귀의 진짜 이름이었나, 아니면 하나의 신호였는가? 나는 알지 못한다. 그렇지만 확실한 것은 그 말이 내 이름과 비슷했기 때문에 내가 학교 친구들이나 동네아이들로부터 엄청한 고통을 겪어야 했다는 것이다. 나를 놀리려고 그들은 내 이름을 드렉미헬이 그의 당나귀를 부를 때와 아주 똑같게 발음했다. 그 때문에 내가 화를 내면, 그 악당들은 가끔 짐짓 순진한 표정을 지으면서 혼동을 피할 수 있도록 내 이름과 당나귀 이름을 발음하는 방법을 가르쳐 달라고 내게 요구했다. 그러면서 그들은 도무지 이해하기가 힘들다는 듯한 표정을 지으면서 이렇게 말했다. "미헬은 첫 음절은 늘 아주 길게 늘여 빼고 두 번째 음절은 짧게 끊는 경향이 있어. 그리고 어떤 때에는 그 반대로 한단 말이야. 그땐 발음이 네 이름과 똑같이 들려." 그리고 그 녀석들은 터무니없이 모든 개념들과 나를 당나귀와 뒤섞어 놓고 또 다시 당나귀를 나와 뒤섞어 놓음으로써 결국에는 완전히 횡설수설하는 것이었다. 그렇게 해 놓고는 모두들 깔깔대고 웃었다. 그러나 나는 울 수밖에 없었다.

내가 그 일에 대해서 투덜거리자, 어머니는 어서 많이 배워서 똑똑해지기만 하면 다시는 아이들이 나를 당나귀와 혼동하지 않게 될 것이라고 말했다.

그러나 내 이름이 그 초라한 당나귀와 발음이 같다는 것은 내겐 악몽이었다. 큰 놈들은 내 옆으로 지나가면서 "하아뤼!" 하고 인사를 했고, 작은 녀석들은 좀 떨어진 곳에서 나를 향해 똑같은 투로 인사를 했다. 학교에서도 같은 이야깃거리가 교활하고도 끔찍하게 계속해서 이이들의 제물이 되었다. 어쩌다가 당나귀 이야기만 나와도 아이들은 모두 나 있는 쪽을 힐끔힐끔 훔쳐보았다. 그때마다 나는 얼굴이 빨개졌다. 그리고 곳곳에서 남을 놀릴 만한 대목을 강조하거나 찾아내는 아이들의 재주는 정말 믿기 어려울 정도였다.

이를테면 한 녀석이 다른 녀석에게 이렇게 묻는다. "얼룩말과 보어의 아들, 발람의 노새는 어떻게 구별되지?"

그러면 다른 녀석이 이렇게 대답한다. "얼룩말은 얼룩말 말을 하고 발람의 노새는 히브리어를 하지."—그러면 다시 질문이 이어졌다. "그러면 드렉미헬의 당나귀와, 그것과 똑같은 이름을 가진 사람은 어떻게 구별되지?" 그러면 그 뻔뻔스런 대답은 다음과 같았다. "우리는 그 차이점을 몰라." 그러면 나는 주먹으로 치려고 대들었다. 그러나 아이들이 나를 말렸다. 그리고 성화를 정말로 잘 그렸으며 나중에 실제로 화가가 된 나의 친구 디트리히는 언젠가 그런 일이 벌어졌을 때 내게 그림을 그려 주겠다고 약속하면서 나를 위로하였다. 그는 나를 위해 성 미하엘을 그려 주었다.—그러나 그 악당은 비열하게 나를 놀린 것이었다. 이 대천사는 드렉미헬의 얼굴을 하고 있었고, 그가 탄 말은 드렉미헬의 노새와 똑같이 생긴 모습이었다. 그리고 창은 용이 아닌 죽은 고양이의 썩은 몸뚱이를 꿰뚫고 있었다.

내가 몹시 좋아하던 금발 곱슬머리의 착하고 계집애 같은 프란츠마저도 언젠가 나를 배반했다. 그는 양팔로 나를 껴안더니 제 뺨을 다정하게 내 뺨에다 부비고는 한참 동안 센티멘털한 기분으로 내 가슴에 안겨 있었다. 그러더니 느닷없이 내 귀에 대고서 깔깔대며 하아뤄! 하고 소리쳤다. 그 녀석은 달아나면서 계속해서 그 비열한 말을 여러 가지로 변조하였다. 그 때문에 그 말은 수도원의 회랑 사이로 계속해서 메아리쳤다.

이보다 더 나를 심하게 괴롭힌 것은 이웃에 사는 몇 명의 아이들이었다. 그들은 우리가 뒤셀도르프에서 "할루텐Haluten"이라고 부르는 가장 낮은 계급의 개구쟁이들이었다. 어원 연구가들은 분명히 이 말이 고대 스파르타의 노예를 이르는 할루텐에서 유래하는 것이라고 말할 것이다.

요제프라고 불리는 꼬마 유프가 바로 그러한 할루트Halut(Haluten의 단수—옮긴이)였다. 나는 그를 그의 아버지 이름인 플라더와 함께 붙여서 부르려 한다. 그 까닭은 나의 이웃에 살던 아주 착한 아이로서 내가 우연히 들은 바에 의하면 지금은 본에서 우체국 공무원으로 일하고 있는 유프 뢰르쉬와 혼동하지 않기 위해서이다. 유프 플라더는 늘 어부들이 사용하는 긴 장대를 가지고 다니다가 나와 마주치면 그걸로 나를 때리려고 뒤에서 달려들었다. 그 녀석은 또 자연의 오븐에서 갓 나와 따끈따끈한 말똥을 길거리에서 긁어모아 가지고 그것을 내 머리를 향해 던지곤 하였다. 그러면서 그 녀석은 또 그 치명적인 하아휘!를 외치는 것을 빠뜨리지 않았다. 그것도 온갖 가지로 변주해 가면서.

이 악당은 나의 아버지가 돌보아 주는 사람들 중의 하나인 플라더 노파의 손자였다. 그 녀석은 그처럼 못됐지만, 그 가엾은 할머니는 마음씨가 고왔다. 그녀는 가난과 곤궁의 상징이었다. 그러나 그녀는 혐오감을 주지는 않았고, 다만 가슴을 에이게 만들었다. 그녀는 여든 살이 넘어 보였다. 큰 키의 덜덜 떨리는 몸, 근심 어린 창백한 눈동자와 가죽 같은 흰 얼굴, 부드럽고 가르릉대는 신음 같은 목소리, 아무런 미사여구도 없이 구걸하면서. 이 소리는 늘 끔찍하게 들렸다.

나의 아버지가 빈민구호위원으로서 집회를 갖는 날에 그녀가 그 달치 돈을 타러 오면, 나의 아버지는 그녀에게 늘 의자를 내주었다.

나의 아버지가 빈민구호위원으로서 가졌던 이러한 집회들 중에서는 겨울의 이른 새벽 아직 어두컴컴할 때 있었던 집회들만이 나의 기억 속에 남아 있다. 나의 아버지는 크기가 각각 다른 돈봉투들이 잔뜩 놓여 있는 큰 탁자 앞에 앉아 있었다. 그때 탁자에는 아버지가 평소에 쓰던 밀랍 양초가 꽂혀 있는 은촛대 대신에 가난한 사람들 앞에서 과시하고 싶지 않다는 아버지의 깊은 배려에서 송진 양초가 꽂혀 있는 구리촛대가 서 있었다. 그 촛불은 검게 그을린 굵은 심지의 빨간 불꽃으로 그곳에 와 있는 사람들을 몹시 처량하게 비추고 있었다. 그들은 나이 대가 각각 다른 가난한 사람들로 앞방까지 길게 늘어서 있었다. 그들은 한 사람씩 차례차례 나와서 자기 몫의 봉투를 받아 갔다. 그리고 많은 사람들은 두 개의 봉투를 받았다.

큰 봉투에는 나의 아버지가 개인적으로 주는 구호금이 들어 있었고, 작은 봉투에는 빈민구제기금의 돈이 들어 있었다.

나는 나의 아버지 곁에 있는 높은 의자에 앉아서 아버지한테 봉투들을 건네주었다. 그러니까 나의 아버지는 내게 베푸는 법을 가르쳐 주려고 한 것이다. 그리고 이 부분에 있어서 아버지한테서 상당히 유익한 것을 배울 수 있었다.

대부분의 사람들은 심장을 오른쪽에 갖고 있다(매우 합리적이라는 뜻—옮긴이). 그러나 그들은 베푸는 법을 알지 못한다. 심장의 뜻이 돈주머니에 이르는 길을 나서기까지는 상당히 오랜 시간이 걸린다. 훌륭한 의도와 그것의 실행 사이의 시간은 달팽이 우편마차처럼 더디게 흘러간다. 그러나 나의 아버지의 심장과 그의 돈주머니 사이에는 벌써 철도가 놓인 것 같았다. 이러한 철도의 행동 때문에 그가 부자가 되지 못했음은 너무나 자명한 일이다. 북부철도나 리용철도에서는 더 많은 돈을 벌어들였다.

아버지가 보호해 주던 사람들은 대개 부인들, 그것도 노파들이었다. 그리고 나중에 들어서도, 심지어 아버지의 형편이 빛을 잃기 시작하던 당시에도 그가 약간의 연금을 대 주던 그와 같은 보호 대상 노파들이 있었다. 그들은 그가 지나가는 길목마다 잠복하고 있었다. 그러니까 그는 죽은 로베스피에르가 예전에 그랬던 것처럼 늙은 부인들로 이루어진 비밀 보디가드를 갖고 있었던 것이다.

이 백발머리 호위대 중에는 전혀 궁핍 때문이 아니라 그의 인품, 즉 다정하고 늘 애정이 넘치는 그의 모습이 정말로 마음에 들어 그의 뒤를 좇아 다니는 노파들도 많이 있었다.

아버지는 그야말로 젊은 여자들을 대할 때나 나이 든 여자들을 대할 때나 상냥함 그 자체였다. 그리고 노파들은 마음을 상하면 잔인한 모습을 보이지만, 조금만 관심을 가지고 친절하게 대해 주면 더할 나위 없이 감사를 하는 종족이다. 그렇기 때문에 아첨의 대가를 받고 싶은 사람은 노파들에게서 에누리 없이 감사를 하는 종족을 발견할 수 있을 것이다. 반면에 톡톡 쏘아붙이는 젊은 계집애들은 우리가 아무리 친절을 베풀어도 고개 한번 까닥하지 않는다.

잘생긴 것이 장점인 남자들에게는 아첨이 정말로 필요하다. 그들에게 있어서는 이때 그 아첨의 향이 장밋빛 입에서 나오는 것이든, 아니면 시든 입에서 나오는 것이든 아무런 상관이 없다. 강하고 풍부하게만 흘러나오면 그만이다. 이렇게 볼 때 나의 친애하는 아버지는 이러한 것을 꼭 노리지 않았는데도 늙은 여자들과의 교제에서 늘 성공적인 장사를 했음을 알 수 있다.

그 여자들이 아버지에게 얼마나 많은 양의 향을 주입하였는지, 그리고 또 아버지가 그 얼마나 강력한 향까지 소화해 낼 수 있었는지는 상상하기가 쉽지 않다. 그것은 아버지의 행복한 기질 때문이었지, 결코 아둔함 때문은 아니었다. 아버지는 사람들이 자신에게 아첨을 하고 있다는 것을 잘 알고 있었다. 아버지는 또한 아첨이 사탕처럼 언제나 달콤하다는 것도 알고 있었다. 그리고 아버지는 엄마에게 "나를 조금만 기분좋게 해 줘. 조금만 더 많이"라고 말하는 어린아이 같았다.

그러나 위에서 말한 여자들과 아버지의 관계에는 이 밖에도 더 진지한 이유가 있었다. 아버지는 말하자면 그들의 조언자였던 것이다. 그런데 자기 자신의 일은 제대로 처리할 줄 모르던 이 사나이가 곤경에 빠져 있는 다른 사람들을 위하여 훌륭한 조언을 할 줄 아는 처세술 그 자체였다는 사실은 주목할 만한 일이다. 그럴 경우 아버지는 즉시 상황을 꿰뚫어 보는 것이었다. 그의 보호를 받고 있는 상심한 여자가 장사가 갈수록 안 되어서 걱정이라고 통사정을 하면, 그는 끝에 가서 한마디를 던졌다. 그것은 모든 일이 잘 안 될 때마다 그의 입에서 나오던 말이었다. "이 경우에는 새 술통의 마개를 따야 해." 아버지는 이 말로써 이미 잃어버린 일에 쓸데없이 자꾸 집착하는 것보다는 새로운 것을 시작해야 한다고, 새로운 방향을 잡아 나아가야 한다고 충고하고자 한 것이었다. 시큼한 포도주가 그것도 찔끔찔끔밖에 나오지 않는 낡은 술통은 아예 당장 바닥을 뜯어 버리고 "새 술통의 마개를 따야 한다!" 그러나 사람들은 그렇게 하지는 않고 게으르게 말라 버린 술통 주둥이 아래 입을 벌리고 누워서 좀더 달콤한 포도주가 좀더 많이 흘러나오기만 바라고 있다.

그 늙은 한나가 이제 손님이 줄어 들어 먹을 빵도 한 조각 없고 더욱 괴롭게도 마실 것도 하나 없다고 하소연하자, 아버지는 우선 그녀에게 1탈러(18세기 중엽까지 쓰였던 독일의 은화—옮긴이)를 내어 준 다음 곰곰이 생각에 잠겼다. 늙은 한나는 예전엔 가장 탁월한 산파들 중의 하나였었는데, 나중에 가서 술과 특히 냄새 맡는 담배에 빠지고 말았다. 그녀의 빨간 콧속은 늘 눈 녹는 날씨여서 떨어지는 콧물이 산모들의 하얀 침대보를 누렇게 물들였기 때문에, 그 여자는 가는 곳마다 쫓겨나고 말았다.

나의 아버지는 한참 동안 생각한 끝에 드디어 이렇게 말했다. "새 술통의 마개를 따야 해. 그런데 이번엔 그것이 화줏통이어야 해. 당신한테 충고하건대, 나루터의 뱃사람들이 자주 오가는 고상한 거리에다 조그만 술집을 하나 내는 거요. 조그만 화주 술집을 말야."

산파를 하던 그 여자는 이 충고를 따라, 나루터에다 조그만 화주 술집을 냈다. 그리고 장사도 잘 되었다. 만약에 불행하게도 그녀 자신이 그 집의 단골손님이 되지만 않았더라면, 그 여자는 분명히 한밑천 잡았을 것이다. 그녀는 담배도 팔았다. 나는 그 여자가 빨갛게 부풀어 오른 코담배 코를 하고서 그녀의 가게 앞에 서 있는 모습을 여러 번 보았다. 그것은 인정 많은 뱃사람들을 유인하는 살아 있는 간판이었다.

나의 아버지의 아름다운 성격 중의 하나는 특히 아버지의 그 정중한 대도였다. 아버지는 정말 고상한 분으로서 가난한 자에 대해서나 부유한 자에 대해서나 늘 정중한 태도를 보였다. 나는 이것을 특히 앞에서 말한 집회에서 관찰하였다. 아버지는 그때 가난한 사람들에게 돈봉투를 건네주면서 늘 몇 마디 정중한 말을 하는 것이었다.

나는 거기서 무언가 배울 수 있었다. 그리고 실제로 가난한 사람들의 머리를 향해 돈봉투를 집어던지기 일쑤여서 1달러를 받을 때마다 머리에 구멍이 하나씩 생기는 것 같은 느낌이 들게 하는 많은 유명한 자선가 양반들은 여기 나의 정중한 아버지에게서 무언가 배울 수 있었을 것이다. 나의 아버지는 가난한 여자들에게 대부분 건강은 괜찮냐고 물었다. 그리고 아버지는 "실례합니다만"이라는 말투에 익숙해져 있었기 때문에 뭔가 불만족스러워 씩씩거리는 추악한 노파들에게 어서 나가 보라고 할 때에도 이 말을 사용했다.

아버지는 플라더 노파에게 가장 정중하였다. 아버지는 그 여자에게 늘 의자를 권했다. 그 여자는 정말로 두 다리로 서 있기에도 힘겨워 했으며 지팡이를 짚고도 겨우 절뚝거리며 걸을 수 있었다.

그녀가 그 달치 돈을 받으러 마지막으로 나의 아버지를 찾아왔을 때 그녀는 너무나 쇠약해져 있었다. 그렇기 때문에 그녀의 손자인 유프가 그녀를 부축하지 않으면 안 되었다. 유프는 나의 아버지 옆의 책상에 앉아 있는 나를 발견하자 내게 이상야릇한 눈길을 던졌다. 노파는 작은 돈봉투 외에 나의 아버지로부터 개인적인 성금이 들어 있는 아주 큰 봉투를 하나 더 받았다. 그러자 그녀는 축복의 말과 눈물의 강물 속으로 휩쓸려 들어갔다.

늙어 빠진 할머니가 이렇게 큰 소리로 꺼이꺼이 우는 것은 정말 끔찍한 일이다. 하마터면 나도 울 뻔하였다. 그리고 그 노파는 그것을 눈치챈 것 같았다. 그녀는 내가 얼마나 예쁜지 모르겠다고 입술이 닳도록 칭찬을 하였다. 그리고 그녀는 성모께 내가 평생토록 단 한 번도 배고픔을 겪지 않고 또 사람들에게 구걸을 하지 않아도 되도록 기도 드리겠노라고 말했다.

나의 아버지는 이 말에 좀 기분이 상했다. 그러나 그 노파는 진심으로 그렇게 말한 것이었다. 그녀의 눈빛 속에는 뭔가 그처럼 유령 같은 것이, 그리고 그와 동시에 경건한 깊은 애정 같은 것이 깃들어 있었다. 그리고 끝에 가서 그녀는 그녀의 손자에게 이렇게 말했다. "어서, 유프야, 도련님의 손에 입 맞추어 드려라." 유프는 못마땅한

듯 인상을 찌푸렸다. 그렇지만 그는 할머니의 명령에 따랐다. 나는 나의 손등에 마치 독사가 깨무는 듯한 유프의 뜨거운 입술을 느꼈다. 왜 그랬는지 모르겠지만 나는 그때 내 호주머니에 들어 있던 땅딸보들을 몽땅 꺼내서 유프에게 주었다. 그러자 유프는 매우 겸연쩍은 얼굴을 하고서 그것들을 일일이 다 세어 보더니 마침내 아주 태연하게 바지 주머니에 집어넣었다.

독자들의 이해를 돕기 위해서 밝히자면, "땅딸보"는 통통하게 생긴 동전을 이르는 것으로 프랑스 돈으로 따지면 약 일 수 정도의 가치를 지닌다.

플라더 노파는 그 뒤 얼마 안 되어 죽었다. 그러나 유프는 그 뒤로 교수형을 당하지 않았다면 분명히 아직 살아 있을 것이다.—그 뒤로도 그 악당은 하나도 변하지 않았다. 아버지와 함께 우리가 만난 그 바로 다음 날 나는 길에서 그와 마주쳤다. 그 녀석은 예의 그 긴 어부용 막대기를 들고 있었다. 그는 그 막대기로 다시 나를 때렸고, 또 다시 나를 향해 말똥을 집어던지면서 그 빌어먹을 하아뤼! 소리를 외쳐 댔다. 그런데 그 소리가 어찌나 크고 또 드렉미헬의 목소리를 어찌나 빼닮았던지 우연히 옆 골목에서 마차를 달고 서 있던 드렉미헬의 당나귀가 제 주인이 지르는 소리인 줄 알고 히히힝하며 즐겁게 목청을 뽑아 댔다.

6

sechs

나의 볼을 너의 볼에 부비면

나의 볼을 너의 볼에 부비면,
우리의 눈물이 하나로 흘러내리리.
내 가슴을 네 가슴에 갖다대면,
불꽃은 한 몸이 되어 타오르리.

타오르는 큰 불꽃 속으로
우리 눈물이 강줄기가 되어 흐르고,
나의 팔이 너를 힘껏 껴안을 수 있다면,
사랑의 그리움에 나 죽어도 좋으리!

앞에서 말했듯이, 유프의 할머니는 곧 세상을 떴다. 그것도 마녀라는 평판 속에서. 물론 그녀는 마녀가 아니었다. 그러나 우리의 치펠 아주머니는 집요하게 그녀가 마녀라고 주장하였다.

치펠은 아직 나이가 그렇게 많지 않은 여자의 이름이었다. 그녀의 본래 이름은 지빌레였고 나의 첫 간병인이었는데, 그 후로도 줄곧 우리 집에 묵었다. 앞서 언급한 일이 있던 날 아침에 그녀는 우연히 방에 있다가 늙은 플라더 부인이 입에 침이 마르도록 나를 칭찬하고 어린 나의 잘생긴 용모에 대해 감탄하는 소리를 들었다. 치펠 아주머니가 이 말을 들었을 때, 그녀의 마음속에서는 어린

아이가 그런 칭찬을 들으면 그 아이가 해를 입고 또 그로 인해 병에 걸리거나 화가 미친다는 미신이 떠올랐다. 내게 들이닥칠지도 모른다고 여겨진 화를 방지하기 위해서 그녀는 민간 신앙에 의해 효험이 확인되었다고 하는 방법에 호소하였다. 그 방법이란 칭찬의 말을 들은 아이에게 세 번 침을 뱉는 것이었다. 그녀는 곧장 내게로 달려와서는 내 머리에 급히 세 번 침을 뱉았다.

하지만 이렇게 침을 뱉은 것은 임시방편밖에 되지 않았다. 왜냐하면 이 방면에 정통한 사람들의 주장에 따르면 마녀로부터 위험한 칭송의 말을 들었을 경우 이 사악한 마법은 역시 마녀인 또 다른 사람에 의해서만 풀릴 수 있기 때문이다. 그리하여 치펠 아주머니는 당장 그날로 자신이 알고 있는 마녀의 집으로 찾아가기로 결심하였다. 나중에 내가 알아낸 바에 의하면 그녀 역시 마녀의 신비스런 금지된 재주의 덕을 많이 입고 있었다. 이 마녀는 나의 머리카락을 몇 올 잘라 낸 다음 침을 적신 엄지손가락으로 나의 정수리를 문질렀다. 그녀는 뜻을 알 수 없는 엉터리 같은 주문을 중얼거리면서 다른 곳도 그렇게 문질렀다. 그렇게 해서 나는 이미 어린 나이에 악마의 사제직에 임명된 것인지도 모른다.

어쨌든 그때부터 나와 계속해서 알고 지낸 이 아주머니는 나중에 내가 다 자란 뒤에도 나를 이 비밀스런 마법의 세계 속으로 끌고 들어갔다.

나는 직접 마법사는 되지 않았지만, 마법을 어떻게 부리는 것인지와 특히 무엇이 마법이 아닌지 정도는 잘 알고 있다.

사람들은 그녀를 여류 마법사 또는 그녀의 출신지인 고호를 따서 괴힌이라고 불렀다. 사형집행인이라는 평판 나쁜 직업을 갖고 있던 죽은 그녀의 남편도 역시 그곳에 거처를 두고 가까운 곳과 먼 곳으로부터 직무수행을 위하여 불려 나갔다. 사람들은 그가 죽으면서 그의 미망인에게 여러 가지 비법을 넘겨주었다고 믿고 있었다. 그리고 이 여인은 이런 소문을 마음껏 이용하는 법을 알고 있었다.

그녀의 제일 큰 단골손님들은 맥줏집 주인들이었다. 그녀는 그들에게 남편의 유품 속에서 나온 것이라면서 죽은 사람의 손가락을 팔았다. 그것은 교수형을 당한 어느 도둑의 손가락이었다. 그것을 사용하면 통 속의 맥주의 맛이 좋아지고 또 양도 늘릴 수 있다는 것이었다. 다시 말해서 교수형을 당한 자, 특히 무고하게 교수형을 당한 자의 손가락을 줄에 매서 맥주통 속에다 드리워 놓으면, 그로 인해 맥주 맛이 훨씬 더 좋아질 뿐만 아니라 그 통으로부터는 같은 크기의 보통 맥주통에서보다 두 배 또는 심지어는 네 배가량 더 많은 맥주를 따라 낼 수 있다는 것이다. 머리가 깨인 맥줏집 주인들은 맥주의 양을 늘리기 위해서 이보다 더 합리적인 방법을 사용하는 경향이 있지만, 그렇게 하면 맥주의 도수가 약해진다.

이 여류 마법사는 마음이 여린 많은 젊은이들로부터도 높은 인기를 누렸다. 그녀는 그들에게 사랑의 묘약을 만들어 주었다. 라틴어의 위력이 한층 더 빛날 수 있는 곳에서 사기꾼처럼 라틴어를 거의 광적으로 즐겨 사용하던 그녀는 그 약에 필트라리움이라는 이름을 붙였다. 그리고 아름다운 자기 애인에게 이 약을 먹이는 남자는 필트라리우스라고 불렀고, 여자는 필트라리아타라고 불리었다.

필트라리움의 효과가 제대로 나타나지 않거나 아니면 심지어 정반대의 효과를 일으키는 경우도 가끔 일어났다. 이를테면, 상대방의 사랑을 받지 못하던 한 젊은이가 그의 냉담한 애인을 애써 구슬러 포도주를 함께 마시다가 그녀가 모르는 사이에 필트라리움을 하나 그녀의 잔 속에다 집어넣었다. 그러고 나서 그는 그 잔을 들이켠 그의 필트라리아타의 행동에서도 야릇한 변화가, 즉 모종의 당혹스러움이 일어나는 것을 목격하였다. 그것을 그는 사랑의 격정이 터져 나온 것으로 생각하고 이제 스스로 위대한 순간에 가까이 접근해 있다고 믿었다. 그러나 아뿔사! 그가 이제 얼굴이 새빨개진 애인을 양팔로 힘차게 끌어안자, 아모르의 향기와는 거리가 먼 냄새가 그의 코를 찔러 왔다. 그는 필트라리움이 오히려 락사리움 역할을 한 것을 알아차렸다. 그 순간 그의 격정은 꺼림칙하게도 싸늘히 식고 말았다.

이 여류 마법사는 자신이 그 불행한 필트라리우스를 잘못 이해하여 그가 그의 사랑으로부터 벗어나기를 원하는 것으로 생각했다고 주장하여 그녀의 마법의 명성을 구해냈다.

그녀가 만든 사랑의 묘약보다 그녀의 필트라리우스들에게 덧붙여 준 그녀의 충고가 훨씬 더 효과가 좋았다. 즉 그녀는 황금은 건강에 매우 좋으며 특히 사랑에 빠진 사람에게 행운을 가져다주는 물건이니까 늘 얼마간의 황금을 주머니에 넣어가지고 다니라고 충고했던 것이다. 그 누가 여기서《오셀로》에 나오는 그 유명한 야고의 말을 상기하지 않을 것인가. 사랑에 빠진 로드리고에게 "주머니에 돈을 넣어가지고 다녀라!"라고 한 그의 말을.

이렇게 해서 이 위대한 여류 마법사와 우리의 치펠 아주머니는 아주 가까운 사이가 되었다. 치펠 아주머니가 그녀에게서 사는 물건은 이젠 더 이상 사랑의 묘약은 아니었지만, 치펠 아주머니는 가끔 괴힌의 마법을 필요로 했다. 그것은 그녀가 그녀에게서 옛 애인을 빼앗아 간 운 좋은 그녀의 연적을 향해 복수를 할 때였다. 그 방법은 마법을 써서 그녀의 연적이 아이를 갖지 못하도록 주문하거나 아니면 그녀를 배신한 남자를 모욕적으로 거세하는 것이었다. 아이를 갖지 못하게 하는 마법으로는 끈을 묶는 방법이 쓰였다. 이것은 아주 간단했다. 신랑신부의 결혼식이 열리는 교회로 가서 목사가 이들을 위해 결혼식 축사를 하는 순간 치마 밑에 감추어 가지고 들어간 자물쇠를 찰카닥 잠그면 되는 것이었다. 자물쇠가 삼그어지는 순간, 갓 결혼한 신부의 자궁도 닫히는 것이다.

거세할 때 볼 수 있는 의식은 너무나 지저분하고 머리카락이 곤두설 만큼 끔찍하기 때문에 나는 그것에 대해서 제대로 이야기할 수가 없다. 요점만 말하면, 환자는 일반적인 의미로 무능력해지는 것이 아니라 말뜻 그대로 성적인 능력을 빼앗기는 것이다. 그리고 이 약탈물을 소유하는 마녀는 증거물corpus delicti, 즉 이름 없는 이 물건을

—그녀는 이것을 간단하게 그냥 '물건'이라고도 부른다—다음과 같은 방식으로 보관한다. 라틴어를 즐겨 쓰는 그 괴힌은 그 물건을 늘 '누멘 폼필리우스'라고 불렀다. 그것은 십중팔구 현명한 입법자이며 님프 에게리아의 제자인 누마 왕의 이름으로부터 따온 것이었다. 누마 왕은 명예로운 그의 이름이 훗날 그렇게 모욕적으로 오용되리라고는 꿈에도 생각하지 못했을 것이다.

그 마녀가 쓰는 방식은 다음과 같다.

그녀는 그녀가 포획한 물건을 빈 새둥지에 넣은 다음 그것을 나무의 무성한 나뭇가지 사이에 아주 높이 매단다. 그리고 나중에 그녀의 또 다른 소유주들로부터 갈취한 물건들도 같은 새둥지 속에다 집어넣는다. 그렇지만 그 안의 물건들이 한 다스가 넘도록 하지는 않는다. 그 물건들은 처음에는 몹시 허약하고 비참하다. 그것은 아마도 그것들의 기분 상태와 향수 때문일 것이다. 그러나 신선한 공기가 그것들의 기운을 돋우고, 그러면 그것들은 매미 울음 소리를 낸다. 나무 주변을 날던 새들은 그 소리에 속아 그것들이 아직 날개가 나오지 않은 새끼 새들이라고 생각한다. 그러면 새들은 불쌍한 마음에서 부리로 먹이를 물고 찾아와 어미 없는 그 고아들에게 먹인다. 그러면 그것들은 주는 대로 받아 먹고 다시 힘을 얻어 살찌고 건강해진다. 그리하여 그것들은 이젠 더 이상 나지막하게 찌르륵대는 것이 아니라 아주 시끄럽게 짹짹대는 것이다. 그것을 보는 마녀의 마음은 기쁘다. 그리고 달빛이 지극히 독일적으로 센티멘털하게 비치는 서늘한 여름밤이면 마녀는 나무 아래 앉아 물건들의 노래에 귀를 기울인다. 이제 그녀는 그것들을 그녀의 달콤한 나이팅게일이라고 부른다.

슈프렝거는 그의 저서 《마녀의 망치*malleus maleficarum*》에서 위에서 말한 마법과 관련하여 마녀들의 이 같은 악행에 대해서도 언급하고 있다. 그리고 그 이름은 내가 잊어버렸지만 샤이블레가 그의 저서 《수도원》에서 인용하고 있는 한 늙은 저자는 마녀들이 얼마나 빈번히 그들의 약탈물들을 거세된 남자들에게 돌려주도록 강요를 받았는지에 대해서 이야기하고 있다.

그러나 이 마녀가 고환 절도를 범한 것은 거세된 남자들로부터 물건 반환 시에 이른바 부양비를 우려내기 위해서였다. 갈취한 물건을 반환할 때 때때로 아주 재미 있는 혼동과 착오가 일어났다. 나는 뒤바뀐 누마 폼필리우스를 돌려받은 어느 승회원의 이야기를 알고 있다. 그런데 이 성직자의 가정부, 즉 그의 님프 에게리아의 말에 따르면 그 물건은 기독교도의 것이 아니라 터키 사람의 것이 틀림없다는 것이다.

언젠가 그처럼 거세를 당한 한 남자가 자기 물건을 돌려 달라고 요구해 오자, 그 마녀는 그에게 사다리를 들고 그녀를 따라 정원으로 들어가 그곳에 있는 네 번째 나무로 올라가서 거기 매달려 있는 새둥지에서 잃어버린 그의 재산을 다시 찾아서 꺼내 보라고 하였다. 그 가련한 인간은 그녀의 지시대로 따랐다. 그러나 그는 그 마녀가 그의 등 뒤에서 깔깔대고 웃으면서 소리치는 것을 들었다. "당신은 당신에 대해서 너무 과대평가하고 있어. 당신은 틀렸어. 당신이 거기에 꺼내 든 것은 정말 훌륭한 신부님의 물건이거든. 그것이 분실되면, 난 정말 곤란한 상황에 빠지게 돼."

7

sieben

나의 이 큰 고통으로

나의 이 큰 고통으로
작은 노래를 만들리.
그 노래 날개를 파닥이며
그녀의 가슴을 향해 날아가리.

사랑하는 사람에게 찾아갔어도
그 노래 다시 돌아와, 슬퍼하고 또
슬퍼하리라. 하지만 그녀의 가슴에서
무엇을 보았는지는 말하지 않으리라.

그러나 나의 발길을 때때로 그 마녀에게로 끌어당긴 것은 사실 그 마법이 아니었다. 나는 그녀와 잘 알고 지내는 사이였다. 그러던 중 내 나이가 열여섯 살 되던 해였을 것이다. 나는 그녀의 집을 전보다 훨씬 더 빈번하게 찾아갔다. 그것은 라틴어로 터무니없이 과장을 한 그녀의 필트라리아보다 훨씬 더 강력한 마법에 내가 끌렸기 때문이었다. 그러니까 그녀에게는 조카딸이 하나 있었던 것이다. 나와 마찬가지로 열여섯 살이 될까 말까 한 나이였지만 그녀는 키가 갑자기 훌쩍 자라서 크고 호리호리했기 때문에 실제보다 훨씬 더 성숙해 보였다. 그녀가 그렇게 빼빼 마른 것은 너무나 갑자기 키가 커 버렸기 때문이

기도 했다. 그녀는 서인도의 쿠터론족에게서 볼 수 있을 것 같은 가는 허리를 갖고 있었다. 게다가 그녀는 코르셋도 하지 않았고 또 속치마도 거의 입고 있지 않았기 때문에, 몸에 꽉 끼는 그녀의 옷은 마치 석상에 걸쳐진 젖은 의복 같았다. 물론 그 어떤 대리석 석상도 그녀의 아름다움과 겨룰 수는 없었다. 왜냐하면 그녀는 삶 자체를, 그리고 그녀의 모든 동작은 그녀의 몸의 리듬을,—나는 심지어 이렇게 말하고 싶다—그녀의 영혼의 음악을 나타내 보였기 때문이다. 니오베의 처녀들 중 그 누구도 이보다 더 고상하게 생긴 얼굴을 가진 사람은 없었다. 그녀의 얼굴색은 그녀의 피부색 전체와 마찬가지로 약간씩 변하는 흰색이었다. 그녀의 크고 새까만 눈동자는 마치 수수께끼를 내놓고 조용히 그것이 풀릴 때를 기다리고 있는 것 같았으며, 가늘고 위쪽이 약간 젖혀진 입술과 조금 길쭉한 새하얀 이를 가진 그녀의 입은 이렇게 말하는 듯이 보였다. 너는 너무나 멍청해서 아무리 풀려고 애를 써도 못 풀 거야.

그녀의 머리카락은 빨간색으로, 완전히 피처럼 빨간색으로 양쪽 어깨까지 치렁치렁하게 늘어져 있었기 때문에, 그녀는 그것을 턱 밑 부분에서 묶을 수 있을 정도였다. 그러나 그것은 마치 그녀의 목이 베어져서 거기서 빨간 핏줄기가 콸콸 쏟아져 나오는 듯한 인상을 주었다.

요제파 또는—사람들이 그 마녀의 아름다운 조카딸을 부르던 대로—빨간 머리 "제프헨"의 목소리는 그렇게 울림이 좋지는 않았다. 그리고 그녀의 발성기관은 때때로 소리가 나지 않을 만큼 베일로 가리워졌다. 그렇지만 일단 열정에 휩싸이면, 금속성이 풍부한 소리가 터져 나왔다. 그 소리는 정말로 나를 사로잡았다. 왜냐하면 요제파의 목소리는 나의 것과 너무나 흡사했기 때문이다.

그녀가 말을 하면 나는 간혹 깜짝깜짝 놀랐다. 내가 하는 말 소리를 듣고 있는 것 같았기 때문이다. 그리고 그녀의 노랫소리도 내게 그와 똑같은 방식으로 부르는 나의 노랫소리를 들었던 꿈들을 생각나게 해 주었다.

그녀는 옛날 민요를 많이 알고 있었으며, 아마도 내게

이 장르에 대한 감각을 일깨워 준 것 같다. 그녀가 당시 시인의 눈을 떠가고 있던 나에게 가장 큰 영향을 주었음에 틀림없다. 이런 사정으로 인하여 내가 그로부터 얼마 안 되어 쓴 〈꿈속의 모습들〉이라는 나의 첫 시들이, 당시의 나의 젊은 삶과 생각 깊숙이 피로 날뛰는 격정의 그림자를 드리웠던 그녀와의 관계처럼 음울하고 끔찍한 색채를 띠게 된 것 같다.

요제파가 부른 민요들 중에는 그녀가 치펠 아주머니에게서 배운 민요가 하나 있었다. 치펠 아주머니는 그 노래를 내가 어릴 적에 내게도 자주 불러 주었기 때문에, 나는 그 민요의 두 연을 아직도 기억하고 있다. 그 노래는 지금 나와 있는 민요집의 그 어디에서도 찾아볼 수 없기 때문에 나는 그 노래를 여기에 꼭 써 보이고 싶다. 그 두 연은 다음과 같다. 먼저 악한 트라기히가 말한다.

"사랑하는 오틸리에, 나의 오틸리에여,
네가 마지막 여인은 아니겠지—

말해 줘, 넌 높은 나무에 매달릴 거니?
아니면 푸른 호수에서 헤엄을 칠 거니?
아니면 사랑하는 신이 내려 주신
반짝이는 칼에 입을 맞출 거니?"

이에 대해 오틸리에가 대답한다.

"난 높은 나무에 매달리고 싶지 않아,
푸른 호수에서 헤엄치고 싶지도 않아,
나는 사랑하는 신이 내려 주신
반짝이는 칼에 입맞추고 싶어!"

빨강머리 제프헨이 언젠가 이 노래를 부르며 이 연의 끝 부분에 이르렀을 때 나는 그녀의 마음에 감동이 이는 것을 느꼈다. 순간 나도 덩달아 감동 속으로 빠져 들었고 갑자기 나는 울음을 터뜨렸다. 우리는 흐느끼면서 서로를 끌어안았다. 우리는 한마디도 하지 않았다. 한 시간

동안 그렇게 하고 있었던 것 같다. 그러는 동안 눈에서 눈물이 흘러나와 우리는 눈물의 베일 너머로 서로를 쳐다보았다.

나는 제프헨에게 그 두 연을 써 달라고 부탁했고, 그녀는 그것을 써 주었다. 그러나 그녀는 그 구절을 잉크로 쓰지 않고 그녀의 피로 썼다. 그녀의 붉은 육필은 나중에 분실되었지만, 그 두 연은 나의 기억 속에서 지워지지 않고 그대로 남았다.

괴힌의 남편은 제프헨의 아버지와 형제간이었다. 제프헨의 아버지 역시 사형집행인이었는데 일찍 세상을 뜬 관계로 괴힌이 그 꼬마 아이를 맡게 된 것이었다. 그러나 그로부터 얼마 안 되어 그녀의 남편도 죽고 그녀는 뒤셀도르프로 와서 정착하게 되었기 때문에 그녀는 그 아이를 마찬가지로 사형집행인으로 베스트팔렌주에 살고 있던 할아버지에게 맡겼다.

사람들이 사형집행인의 집을 일컬을 때 쓰는 이른바

"자유의 집"에서 제프헨은 열네 살 때까지 살았다. 그곳에서 할아버지가 죽자 천애고아가 된 그 아이를 괴힌이 다시 떠맡았다.

자랑스럽지 못한 가문에서 태어났기 때문에 제프헨은 어릴 때부터 사춘기가 될 때까지 고독하게 살았다. 그리고 그녀의 할아버지의 자유의 집에서 지내는 가운데 그녀는 외부 사람들과의 접촉으로부터 단절되어 있었다. 여기로부터 그녀의 인간에 대한 혐오증, 낯선 사람과의 접촉에 대한 민감한 두려움, 신비스런 몽상 등이 꺾일 줄 모르는 반항, 뻔뻔스런 고집 그리고 거친 성격과 함께 생겨난 것이다.

정말 이상하게도! 언젠가 그녀가 직접 내게 털어놓은 바에 의하면 그녀는 꿈속에서조차도 사람들과 함께 살지 않고 짐승들 꿈만 꾸었다.

사형집행인 집의 고독 속에서 그녀는 오로지 할아버지가 쓰던 옛날 책들을 벗 삼을 수밖에 없었다. 할아버지는 그녀에게 읽기와 쓰기를 직접 가르쳐 주기는 했지만 원래가 말수가 극히 적은 사람이었다.

가끔 그는 하인들과 함께 며칠씩 집을 비웠다. 그러면 그 아이는 숲 속 처형장 근처에 아주 고적하게 서 있는 그 자유의 집에 혼자 남았다. 집에는 머리를 떠는 백발의 세 노파만이 있었다. 그들은 늘 물레바퀴를 덜덜덜 소리나게 돌리면서 잔기침을 하고 싸움박질을 하고 화주를 마셔댔다.

특히 겨울밤 바람이 밖에서 늙은 떡갈나무들을 뒤흔들고 타오르는 벽난로의 큰 불꽃이 이상하게 울부짖을 때면 그 쓸쓸한 집에 있는 가련한 제프헨은 정말 무서웠다. 그때마다 도둑들이, 살아 있는 도둑들이 아니라 죽은, 처형당한 도둑들이 교수대에서 몸을 풀고 내려와 그 집의 아래쪽 창문을 두드리면서 안에 들어가 몸 좀 녹이게 해 달라고 요구할까 두려웠다. 도둑들은 비참하게 얼어붙은 찡그린 표정을 하고 있다. 그들을 쫓아 버리려면 광에 가서 목 베는 칼을 가지고 와 그것으로 위협하는 수밖에 없다. 그렇게 하면 그들은 마치 회오리바람처럼 그곳에서 사라져 버린다.

가끔 화덕의 따뜻한 불꽃뿐만 아니라 사형집행인에게 빼앗긴 그들의 손가락을 다시 훔쳐 가고 싶은 생각이 도둑들을 유혹한다. 대문을 잘 잠가 놓지 않으면 죽어서도 옛날의 그 절도벽이 그들을 부추긴다. 그러면 그들은 옷장과 침대에서 침대시트를 훔쳐 간다. 언젠가 한 번은 그 노파들 중 하나가 그와 같은 도둑질의 현장을 목격하고는 바람에 침대시트를 펄럭이면서 도망치는 죽은 도둑을 좇아가 그자가 교수대에 이르러 교수대의 들보 위로 올라가려는 순간 침대시트의 한쪽 끝을 붙잡아 그 도둑맞을 뻔한 물건을 빼앗은 적이 있다.

할아버지가 큰 치형을 준비하는 날에만 근처에서 동료들이 찾아왔다. 사람들은 삶고 굽고 음식을 먹고 마셔 댔지만 말은 거의 하지 않았고 노래는 전혀 부르지 않았다. 그들은 은술잔으로 마셨다. 천한 망나니장이나 그의 부하들에게는 그들이 묵고 있는 음식점에서 나무 뚜껑이 달린 잔 하나가 건네졌다. 반면에 다른 모든 손님들에게는 주석 뚜껑이 달린 컵들로 마실 것이 제공되었다. 대부분의 고장에서는 사형집행인이 마신 잔은 깨어 버린다. 그 누구도 그에게 말을 건네지 않으며, 누구든지 그와의 조그마한 접촉도 피한다. 이와 같은 치욕은 그의 혈족 전체를 감싼다. 그렇기 때문에 사형집행인 집안들은 저희들끼리만 혼인을 하는 것이다.

제프헨은 내게 다음과 같은 이야기를 해 주었다. 제프헨이 어느덧 여덟 살이 된 어느 화창한 가을날 굉장히 많은 손님들이 할아버지 집으로 찾아왔다. 처형이나 그밖의 다른 형사상의 직무가 있는 날도 아니었다. 그녀가 보기에 열두 명은 넘는 것 같았다. 거의 모두가 머리가 하얗게 세거나 머리가 벗어진 키가 자그마한 노인들로서 그들의 치렁치렁한 붉은 외투 속에는 목 베는 칼을 지니고 있었으며 그들이 가진 것 중 가장 훌륭한, 그렇지만 완전히 옛날 프랑켄풍의 나들이 옷을 입고 있었다. 그들의 말에 따르면 그들은 "회의"를 하기 위해서 왔다. 그리고 점심 때에는 부엌과 지하창고에 있는 것 중 가장 귀한 것이 그들의 식탁에 올라갔다.

그들은 아주 먼 곳에서 찾아온, 나이가 아주 지긋한 사형집행인들이었다. 서로 오랫동안 만나지 못했던 까닭에 그들은 서로의 손을 붙잡고 끊임없이 흔들었다. 그렇지만 말은 거의 하지 않았다. 말을 할 경우엔 대개 신비스런 암호법으로 말을 했다. 그러면서 그들은 그들 방식대로, 즉 프루아사르가 프와티에르 전투 뒤에 연회를 베푼 영국인들에게 썼던 대로 "아주 슬프게moult tristement" 즐겼다.

밤이 되자 집주인은 하인들을 모두 집 밖으로 내보내고 늙은 가정부에게 지하창고에 가서 가장 좋은 라인포도주 세 짝을 꺼내다가 마당의 반원을 그리며 서 있는 큰 떡갈나무들 앞의 돌탁자에 갖다 놓으라고 했다. 그리고 송진 등불을 켤 수 있도록 쇠촛대도 그곳에 갖다 세우라고 명하고서 마침내 그 노파도 다른 두 노파들과 함께 구실을 만들어 집 밖으로 내보냈다. 조그만 개집의 판자가 벌어져 틈새가 보이는 곳도 그는 헌 모포를 가져다가 막

아 버렸다.

할아버지는 빨강머리 제프헨은 집에 있도록 했다. 할아버지는 제프헨에게 해신들과 그들의 돌고래 및 소라고동들이 그려져 있는 큰 은제 성배를 깨끗이 씻어서 위에서 언급한 돌탁자에 갖다 놓으라는 심부름을 시켰다. 그런 다음 그는 더듬거리면서 그녀에게 어서 침실로 들어가 자라고 덧붙였다.

빨강머리 제프헨은 해신의 성배를 아주 조심스럽게 닦아서 돌탁자의 포도주병들 옆에 세워 두었다. 그러나 그녀는 잠을 자러 가지 않았다. 잔뜩 호기심이 들린 그녀는 떡갈나무숲 가까운 곳의 한 덤불에 몸을 숨겼다. 그곳에서 말소리를 알아듣기는 힘들었지만 앞에서 벌어지고 있는 일을 모두 똑똑히 볼 수 있었다.

그 낯선 사나이들은 할아버지를 앞장세우고 두 사람씩 엄숙한 걸음걸이로 걸어나와 돌탁자 주위로 반원으로 놓인 높은 통나무 의자에 앉았다. 탁자에는 송진 등불이 타면서 진지하고 돌처럼 굳은 그들의 얼굴을 섬뜩하게 비추고 있었다.

그들은 오랫동안 말없이 앉아 있었다. 아니 어쩌면 속으로 중얼거리는 것 같았다. 어쩌면 기도를 드리고 있는 것 같기도 했다. 이윽고 할아버지가 성배에 포도주를 가득 따랐다. 그중 한 사람이 그것을 다 마신 다음 잔을 다시 채워서 옆 사람에게 건네주었다. 그들은 술잔을 비울 때마다 서로 진지하게 악수를 나누었다.

마침내 할아버지가 연설을 시작했다. 제프헨은 그것을 거의 제대로 들을 수 없었고 또 전혀 이해할 수도 없었다. 그렇지만 무언가 아주 슬픈 이야기를 하고 있는 것 같았다. 그때 굵은 눈물 방울이 그 노인의 두 눈에서 뚝뚝 떨어졌고 다른 노인들도 따라서 침통하게 울기 시작했다. 그것은 놀라운 광경이었다. 왜냐하면 이 사람들은 보통 때에는 마치 교회 현관 앞에 놓인 잿빛 석상들처럼 단단하게 그리고 비바람에 닳고 닳은 것처럼 보였기 때문이다. 그런데 지금 그 무표정한 석상의 눈에서 눈물이 쏟아지고 있는 것이다. 그러면서 그들은 어린애들처럼 훌쩍거렸다.

달은 그때 별 하나 없는 하늘에서 안개의 너울 사이로 슬픈 빛을 뿌리고 있었다. 그때 그 광경을 엿보고 있던 꼬마 아가씨의 가슴은 동정심으로 찢어질 것만 같았다. 특히 한 조그마한 노인의 서글픈 목소리가 그녀의 마음을 뒤흔들어 놓았다. 그 사람은 다른 사람들보다 유난히 격하게 울부짖으며 큰 소리로 통곡을 하였다. 그렇기 때문에 제프헨은 그가 한 말 중 몇 마디를 아주 똑똑하게 알아들을 수 있었다. 그는 끊임없이 이렇게 소리쳤다. "오 신이여! 오 신이여! 불행이 너무나 오래 계속되고 있나이다. 한 인간의 영혼으로는 이제 더 이상 그것을 견딜 수 없습니다. 오 신이여, 당신은 불공평합니다. 정말로 불공평합니다." 그의 동료들은 그를 간신히 진정시킬 수 있었다.

마침내 그들은 다시 자리에서 일어났다. 그들은 그들의 붉은 외투를 모두 벗었다. 그리고 모두 목 베는 칼을 겨드랑이에 끼고서 두 사람씩 짝을 이루어 한 나무 뒤로 걸어갔다. 그곳에는 이미 쇠로 된 삽 하나가 준비되어 있었다. 그들 중의 하나가 이 삽을 집어들고는 순식간에 깊은 구덩이를 팠다. 이번에는 제프헨의 할아버지가 그 쪽으로 걸어갔다. 그는 다른 사람들과는 달리 붉은 외투를 벗지 않은 차림이었다. 그는 외투 속에서 하얀 상자를 하나 꺼냈다. 그것은 폭은 아주 좁았지만 길이는 일 브라반트 엘레는 넘을 듯싶었고 흰 침대시트로 싸여 있었다. 그는 그것을 파놓은 구덩이 속에다 조심스럽게 넣고서 서둘러 다시 흙으로 덮었다.

가엾은 제프헨은 그 광경을 더 이상 숨어서 구경할 수가 없었다. 그 신비스런 매장 광경을 보자 머리카락이 곤두섰다. 극도의 공포에 휩싸여 그녀는 그곳에서 도망쳤다. 그녀는 그녀의 침실로 달려들어가 이불 속에 몸을 숨기고 이내 잠이 들었다.

다음 날 아침이 되자 제프헨에게는 그 모든 것이 마치 꿈을 꾼 것처럼 여겨졌다. 그러나 낯익은 그 나무 뒤의 흙이 새로 파헤쳐져 있는 것을 보고서 그녀는 그 모든 것이 현실이었음을 깨달았다. 그녀는 거기에 무엇이 묻혀 있을까 오랫동안 곰곰이 생각해 보았다. 어린아이일까? 짐

승일까? 보물일까? 그러나 그녀는 지난밤에 목격한 매장 장면에 대해서 어느 누구에게도 단 한마디도 하지 않았다. 그러던 중 몇 해의 세월이 지나갔고, 그 일은 그녀의 기억의 배경 속으로 파묻히고 말았다.

그로부터 오 년밖에 안 되어 할아버지가 죽고 괴힌 아주머니가 그 소녀를 뒤셀도르프로 데려가기 위하여 왔을 때 소녀는 아주머니에게 속마음을 털어놓았다. 그러나 아주머니는 그 신비스런 이야기를 듣고서도 놀라거나 이상해하지 않았으며 오히려 몹시 즐거워하면서, 거기 구덩이에 묻힌 것은 어린아이도 아니요 고양이도 아니요 보물도 아니며 백 명의 가련한 죄인들의 목을 벤 할아버지의 오래된 칼일 거라고 말했다. 그러면서 백 번의 사형집행에 쓰인 칼은 더 이상 보관하거나 사용하지 않는 것이 사형집행인들의 관례요 관습이라고 말했다. 그 칼은 다른 종류의 칼들과 달리 시간이 지나면서 은밀한 의식意識을 지니게 되었기 때문에 결국에는 사람처럼 무덤 속에서 쉬어야 한다는 것이었다.

많은 사람들의 말에 따르면, 그런 칼들은 숱한 살상으로 인하여 마침내는 잔인해져 때때로 피에 목말라 한다. 그리고 한밤중이 되면 그것들이 걸려 있는 옷장 속에서 열정에 사무쳐 덜거덕대며 뒤척이는 소리가 뚜렷이 들린다. 그중 몇몇은 우리 인간들과 똑같이 음흉하고 사악하게 되어 그것을 손에 든 불행한 사람을 꼬드겨 그것으로 가장 친한 친구들을 다치게 만든다. 그렇게 해서 언젠가 괴힌 아주머니 자신의 가문에서 한 오라버니가 다른 오라버니를 그와 같은 칼로 찔러 죽였다고 한다.

그럼에도 불구하고 괴힌 아주머니는 백 명의 목을 벤 그 칼로 가장 훌륭한 마법을 보여 줄 수 있다고 슬그머니 말했다. 그리하여 그녀는 바로 그날 밤에 만사 다 젖혀 놓고 서둘러 그 나무 아래 묻혀 있는 그 칼을 파냈다. 그녀는 파낸 그 물건을 그 뒤로 그녀의 광에다 다른 마법의 도구들과 함께 보관했다.

언젠가 그녀가 집을 비웠을 때 나는 제프헨에게 그 귀중품을 한번 보여 달라고 부탁했다. 그러자 제프헨은 별로 주저하는 기색 없이 앞서 말한 광으로 가서 금방 그 무시무시한 칼을 들고 나타났다. 그녀는 어디서 힘이 솟아났는지 그 칼을 그녀의 연약한 팔로 힘차게 휘두르며 장난스럽게 위협하면서 이 노래를 불렀다.

"사랑하는 신이 내려 주신
반짝이는 칼에 입을 맞출 거니?"

나는 그에 대해 똑같은 어조로 대답했다."나는 반짝이는 칼에 입맞추고 싶지 않아.—나는 빨강머리 제프헨에게 입맞추고 싶어!" 다음 순간 그녀는 그 치명적인 칼로 나를 해치게 될까 두려워 제대로 방어를 할 수 없었기 때문에 내가 격하게 그녀의 가느다란 허리를 끌어안고 그녀의 까다로운 입술에 입을 맞추는 것을 가만히 참고 있지 않을 수 없었다. 그렇다, 벌써 백 명의 가련한 악당들의 목을 벤 칼이 면전에 있음에도 불구하고, 그리고 이 천한 가문과 접촉한 모든 사람에게 씌워질 불명예에도 불구하고 나는 그 아름다운 사형집행인 딸에게 입 맞추었다.

내가 그녀에게 입을 맞춘 것은 그녀에 대한 나의 애틋한 사랑 때문뿐만 아니라 낡은 사회와 그 사회의 모든 어두운 편견을 비웃어 주고 싶은 나의 의도 때문이었다. 그리고 바로 그 순간 내가 그 이후로 나의 생을 다 바친 두 가지 정열의 첫 불꽃이 나의 가슴속에서 활활 타올랐다. 그 두 가지 정열이란 아름다운 여인들에 대한 사랑과 프랑스 혁명, 즉 근대 프랑스의 열광에 대한 사랑이었다. 나는 또한 프랑스혁명이 중세의 용병들과의 싸움이란 점에서도 깊은 감명을 받았다.

나는 요제파에 대한 나의 사랑을 더 이상 자세히 밝히고 싶지 않다. 그러나 내가 고백할 수 있는 것은, 그녀는 이후 나의 성숙한 시기의 큰 비극들의 서곡에 지나지 않았다는 것이다. 말하자면 그것은 로미오가 줄리엣을 만나기 전에 먼저 로자린데에게 푹 빠진 것과 같다.

사랑에 있어서도 로마 가톨릭교에서처럼 임시적인 정죄淨罪의 불길이라는 것이 있다. 이 불길 속에서 사람들은 정식의 영원한 지옥으로 떨어지기 전에 먼저 불길에 구워지는 일에 익숙해지는 것이다.

지옥이라고? 사랑을 이렇게 무례하게 이야기해도 되는가? 좋다, 그대들이 원한다면 사랑을 천국에다 비유하겠다. 그러나 유감스럽게도 사랑에 있어서는 어디서부터 지옥이 시작되는 건지, 어디서부터 천국이 시작되는 건지 정확하게 판단할 수가 없다. 그리고 또 우리가 사랑 속에서 만난 천사들이 어쩌면 감쪽같이 변장한 악마가 아닐지, 혹은 사랑 속에서 만난 악마가 간혹 감쪽같이 변장한 천사는 아닌지도 모를 일이다.

솔직히 말해 보자. 여자를 사랑한다는 것은 그 얼마나 끔찍한 병인가! 유감스럽게도 우리가 보아 왔듯이 이 병에는 그 무슨 주사를 맞아도 소용이 없다. 이 병을 끔찍하게 생각하는 경험 많은 의사들은 장소를 바꾸어 보라고 충고하면서 마녀로부터 떨어지면 마법도 끊어진다고 말한다. 그러나 여자 문제를 여자로써 치료한다는 동종요법이 어쩌면 가장 설득력이 있는 것 같다.

사랑하는 나의 독자여, 어머니가 나를 위해 어린 시절에 해 준 사랑의 접종은 별로 좋은 효과를 가져오지 못했음을 그대는 알아차렸으리라. 내가 그 엄청난 질병, 즉 마음의 천연두로 인해 다른 그 누구보다 시련을 겪게 되리라는 것은 이미 정해져 있었던 것이다. 그리고 나의 마음에는 지저분하게 아문 천연두 자국이 남아 있어서 그것은 마치 미라보 다리의 석고면이나 저 찬란했던 7월혁명 뒤의 마자랭 궁전의 정면 또는 가장 위대한 비극 여배우의 평판처럼 보였다.

그렇다면 이 치명적인 질병을 치료해 줄 약은 이 세상에 없단 말인가? 최근에 어떤 심리학자는 발병 초기에 때를 놓치지 말고 몇 가지 적당한 약을 쓰면 이 병을 퇴치할 수 있다고 했다. 그러나 이 처방전은 인간을 위협하는 모든 재난을 위한 기도들, 특히 기와장이가 어지러움증에 사로잡혀 지붕에서 막 떨어지려는 순간에 기도 드려야 할 몇 페이지에 걸친 긴 기도의 내용을 담고 있는 저 낡은 소박한 기도서를 연상시킨다.

또한 사랑의 병에 걸린 남자에게 아름다운 애인의 곁을 떠나 고독하게 지내면서 자연의 품에서 치유를 받도록 하라는 충고 역시 바보 같은 소리다. 아, 그는 이 푸른 자연의 품에서 지루함만을 느끼게 될 따름이리라. 차라리 이것보다는 아직 모든 에너지가 소실되지 않았다면 완전히 다른 새하얀 젖가슴에서 안정은 아니더라도 효험 있는 불안을 구하는 편이 훨씬 나으리라. 왜냐하면 여자들에 대한 가장 효과적인 해독제는 여자들이기 때문이다. 물론 이것은 바알세불(악귀의 우두머리—옮긴이)로 악마를 쫓아내려는 것과 같다고들 할 것이다. 그리고 이런 경우 치료약이 오히려 질병 자체보다 훨씬 해를 끼칠 수도 있다. 그러나 이것은 언제나 기회이다. 그리고 절망적인 사랑의 상태 속에서는 애인을 바꾸는 것이 분명 최선의 방책이다. 그리고 나의 아버지라면 이런 상태에서 의당 이렇게 말할 것이다. "이런 경우에는 새 술통의 마개를 따야 해."

자, 이제 사랑하는 나의 아버지 이야기로 돌아가자. 어떤 정 많은 노파가 나의 아버지에게 내가 괴힌 아주머니의 집에 전보다 자주 드나들고 또 빨강머리 제프헨을 좋아하는 것 같다고 일러바쳤다. 그러나 이 밀고는 나의 아버지에게 그 특유의 정중한 예의를 보여 줄 기회만을 제공했을 뿐 다른 아무런 결과도 가져오지 않았다. 왜냐하면 제프헨은 바로 얼마 뒤 나한테 이런 이야기를 했기 때문이다. 그녀의 산책길에서 다른 사람과 함께 걸어오던 머리에 분을 뿌린 참으로 고상한 어떤 분을 만났는데, 그와 같이 걸어오던 남자가 그의 귀에 대고 몇 마디 속삭이자 그는 그녀를 다정한 눈길로 쳐다보고는 지나가면서 그녀에게 모자를 벗어 인사를 했다는 것이다.

그녀의 이야기를 좀더 듣고 나서 나는 그녀에게 인사를 한 사람이 다름 아닌 마음씨 좋은 나의 사랑하는 아버지라는 것을 알았다.

그러나 내가 무심코 던진 몇 마디의 반종교적인 조롱을 누군가가 아버지에게 고자질했을 때에는 아버지는 앞에서와 같은 관대함을 보이지는 않았다. 누군가 내가 하느님을 믿지 않는다고 고해바친 것이다. 그러자 나의 아버지는 살아오면서 그가 한 것 중에서 가장 긴 설교를 시작했다. 그 내용은 다음과 같다. "사랑하는 나의 아들아! 네 어머니는 너를 살마이어 총장에게서 철학을 배우게 하고 있어. 그것은 네 어머니의 일이야. 나 개인적으로는 철학을 좋아하지 않는다. 왜냐하면 철학은 순전히 미신이거든. 나는 상인이고 내 머리는 장사에 쓰면 되는 거야. 네가 원한다면 넌 철학자가 되어도 좋다. 그렇지만 부탁인데 사람들 앞에서 네 생각을 마음대로 이야기하지는 말거라. 왜냐하면 내게 하느님을 믿지 않는 아들이 있다는 것을 나의 고객들이 알게 되면 장사에 손해를 입게 돼. 특히 유대인들은 더 이상 내게서 벨벳을 사 가지 않을 거다. 그런데 그 사람들은 성실한 사람들이야. 돈 지불도 제때에 하고 종교도 성실하게 믿거든. 나는 네 아버지이고 그렇기 때문에 너보다 나이도 더 먹었고 경험도 많다. 그러니 하는 말인데 무신론은 큰 죄악이라는 나의 말을 믿어 주기 바란다."

| 작품 해설 | 시인 하이네의 젊은 날의 사랑과 슬픔

이 작품은 작품의 첫머리에서도 드러나지만, 병상의 하이네가 지나온 자신의 생을 돌아다보면서 기술한, 아니 어느 여인에게 받아쓰도록 한 생의 "고백"이다. 실제로도 하이네는 이 《회상록》에 원래 "고백"이라는 제목을 붙이려고 했었다. 시인이, 대개 자신의 생을 미화하여 세상에 내놓는 일반적인 "회상록"이 아닌 "고백"이라는 말을 사용한 것만 보아도 이 글의 진정성은 충분히 확보된 것이라고 볼 수 있다. 이 이야기를 들려준 여인이 누구인지 구체적으로 확인할 길은 없지만, 하이네가 이 글을 구술할 때의 솔직한 심정은 시인의 눈에서 떨어지는 "눈물"을 이야기하는 대목에서 가림 없이 드러난다. 그렇다고 해서 이 글에서 눈물만이 이야기되는 것은 아니다. 오히려 '눈물을 머금은 미소'라는 표현이 이 글의 성격에 더 적절할 것이다.

그러나 하이네의 이 《회상록》은 완전한 것이 아니고 단편斷片으로 남은 미완성 작품이다. 이 작품의 생성 과정은 그렇게 확연하지 않다. 전기적인 사실에 의하면 하이네는 1823년 11월에 자신의 삶을 그 시대의 거울로서 서술하려는 생각을 가졌고 1824년에는 "이미 상당한 분량에 이른" 회상록을 쓴 것으로 나타난다. 그리고 또 그 이후로도 간헐적으로 "회상록"을 집필하였다는 기록이 발견된다. 특히 1837년에는 《전집》을 내려는 계획 아래 더욱 열심히 "회상록" 집필에 박차를 가했다. 그런데 여기 우리말로 옮긴 《회상록》은 당시에 씌어진 것과는 많은 부분에서 차이를 보인다. 그 까닭은 다음과 같다.

1844년 하이네의 뒤를 보아주던 함부르크의 대은행가였던 숙부 잘로몬이 세상을 떴을 때 하이네는 꽤 많은 양의 유산을 기대한다. 그러나 아주 적은 액수의 은급밖에는 받지 못하는 처지가 된다. 그것도 상속자인 사촌 칼과 그를 비롯한 그의 가문에 대해서는 《회상록》에 한 마디도 쓰지 않는다는 조건을 달고 얻은 보잘것없지만, 빼저린 타협의 결과였다. 이것이 바로 글의 초두에서 "가문에 대한 고통스런 고려"로 표현된 속사정이다. 따라서 하이네의 생에서 중요한 역할을 했던 함부르크의 잘로몬 삼촌네 집뿐만 아니라 젊은 시절 그에게 깊은 사랑의 상처를 주었던 사촌 여동생 아말리에와 그녀의 여동생 테레제에 대한 이야기는 시인의 입으로 직접 그 애절한 마음을 세상에 알릴 수 없게 된 것이다. 따라서 칼과의 합의에 따라 하이네는 이미 씌어졌던 원고의 반씀을 파기하지 않을 수 없었다. 그러나 이로 생긴 여백 부분을 다른 것으로 채워 넣는다는 것은 《회상록》의 전체 맥락으로 볼 때 쉽지 않았으므로 시인은 《회상록》의 집필을 완전히 새롭게 시도하게 된다. 그러므로 숙부가 죽은 해인 1844년 이후로 기록된 《회상록》에 대한 전기적 사실이 여기에 옮긴 것과 닮아 있는 것으로 여겨진다. 그렇다면 여기의 《회상록》은 1844년부터 집필하고 1850년에는 하이네가 병상에서 거의 매일 구술한 그것으로 생각할 수 있다. 또한 발첼에 의하면 하이네는 1850년대 중반에 새로운 "회상록" 집필에 착수한 것으로 보인다. 이 《회상록》이 처음으로 인쇄된 것은 1884년 에두아르트 엥겔에 의해서였다.

하이네의 이 《회상록》은 비록 짧은 글이지만, 만년에 이르러 서술한 것이므로 여기에는 시인이 살아온 삶과 그가 추구했던 문학의 기본적인 흐름이 진실되게 잘 나타나 있다고 여겨진다. 순박했던 어린 시절의 모습은 자기 할아버지를 "키는 작고 수염은 큰 유대인"이라고 아이들 앞에 나가서 자랑하듯 하는 모습에서 잘 나타난다. 할아버지의 존재를 그렇게 일러 준 그의 아버지 잠존 하이네 역시 그와 다를 바 없는 낭만적이고 정 많은 사나이로 그려진다. 아버지에 대한 애틋한 정은 사람들, 특히 가진 것 없는 사람들을 대할 때의 아버지의 자세를 말할 때 두드러진다. 아버지의 얼굴 모습에 대한 묘사나 따스한 손 이야기는 우리가 늘 느낄 수 있는, 그러나 표현하기 어려운 내면의 정을 잘 드러내 준다. 공상에 빠져서 지내던 외삼촌의 모습도 하이네의 내면에 들어 있는 문학의 요정을 키우는 데 한몫 한 것으로 드러난다. 사회생활에는 어두워 은행가 삼촌 잘로몬이 차려 준 상회도 여섯 달 만에 파산케 만들었지만 그럴수록 그의 내면에서는 시의 싹이 더욱 튼튼하고 감미롭게 자라날 수 있었다. 그런 지지와 후원의 가장 큰 손은 누구보다 어머니였다. 모든 면에서 상당히 이성적인 어머니였지만 아들이 문학 하는 것을 결코 막지 않았던 현명한 여자, 바로 베티 하이네였다. 그녀의 초상화는 그런 모습을 보여 주고도 남는다.

《회상록》 전반으로 흐르는 것은 회상의 물살에 쓸리는 생의 회한들과 기억의 파편들이지만 거기서 우러나오는 것은 인간에 대한 사랑이요 문학에 대한 열정이다. 작품 끝의 사회적으로 따돌림받는 형리의 아름다운 딸 제프헨과의 첫 키스를 노래한 구절은 이것을 여실히 증명해준다. "내가 그녀에게 입을 맞춘 것은 그녀에 대한 나의 애틋한 사랑 때문뿐만 아니라 낡은 사회와 그 사회의 모든 어두운 편견을 비웃어 주고 싶은 나의 의도 때문이었다. 그리고 바로 그 순간 내가 그 이후로 나의 생을 다 바친 두 가지 정열의 첫 불꽃이 나의 가슴속에서 활활 타올랐다. 그 두 가지 정열이란 아름다운 여인들에 대한 사랑과 프랑스혁명, 즉 근대 프랑스의 열광에 대한 사랑이었다."

이렇듯 얼핏 개인적이고 사적인 경계에만 머무는 듯한 하이네의 삶과 사랑 속에는 사회를 향한 열망과 그 열망의 성취에 대한 믿음이 자리한다. 그리고 그것을 받쳐 주는 것은 촌철살인을 수시로 행하는 예리하면서도 감동을 우려내는 그만의 섬세한 글쓰기 방식이다. 시인 하이네에게 깃든 문학의 힘은 이렇듯 그의 주된 장르인 서정시뿐만 아니라 산문에서도 여지없이 발휘되고 있는 것이다. 이 글을 읽으며 독자들은 하이네가 던져 준 한 방울의 잉크가 각자의 가슴속에서 수많은 글자로 확산되는 것을 경험할 수 있을 것이다.

마지막 장에서 아들이 종교가 없다느니 하며 다닌다는 말을 듣고 이성적이면서도 단호하게 타이르는 아버지의 모습에서 과연 우리는 무엇을 읽을 수 있을까? 왜 이 장면을 그는 마지막에 놓았을까? 앞에서 희미한 얼굴 윤곽, 여성적인 미 등의 말로 묘사했던, 남에게 늘 "실례합니다만"이라는 말을 건네며 겸손하고 부드러운 태도를 보였다고 그렸던 아버지의 예상 밖의 단호한 태도는 바로 하이네의 문학세계가 갖고 있는 힘을 보여 주는 것이라 여겨진다. 부드러움 속에 감추어진 날카로움, 멀리 하늘에 떠가는 구름만 바라보는 듯한 낭만적, 공상적 자세 속에 스며 있는 예리한 현실의식, 이것이야말로 하이네가 잠시도 눈을 떼지 않은 그의 삶의, 그의 문학의 목표였다고 할 것이다.

이 글을 우리말로 옮기는 데 사용한 원본은, 하이네 탄생 200주년을 맞이하여 멋진 삽화를 곁들여 독일의 아이히보른Eichborn 출판사에서 펴낸 《Heinrich Heine: Memoiren. Illustriert von Volker Kriegel. Frankfurt a.M. Eichborn Verlag. 1997》이다. 또한 번역상의 정확성을 기

하기 위해 한저Hanser 출판사에서 나온 《하이네 전집》도 참조하였다.

2008년 2월

김재혁

| 작가 연보 |

1797 12월 13일 독일 라인 강변의 뒤셀도르프에서 포목점을 하는 유대인 상인 잠존 하이네Samson Heine와 엘리자베트 판 겔데른Elisabeth van Geldern 사이에서 장남으로 태어나다. 어릴 적의 이름은 하리 하이네Harry Heine였다.

1807–1814 프랑스적 전통과 종교적 전통이 강한 뒤셀도르프 인문계 고등학교에 다니다.

1814 사형집행인의 딸 제프헨과 첫사랑을 경험하다.

1815 프랑크푸르트로 가서 장삿일을 견습하다.

1816 사촌 여동생 아말리에 하이네Amalie Heine와 불행한 사랑을 겪다. 이때 이미 많은 시를 쓰고, 이 시들을 인쇄에 부칠 생각을 하다.

1817 함부르크로 가서 숙부 잘로몬 하이네Salomon Heine 소유의 은행인 헤크셔Heckscher에서 견습생으로 일하다. 프

로이트홀트 리젠하르프Freudhold Riesenharf라는 가명으로 함부르크의 《파수꾼*Wächter*》지에 첫 시작품들을 발표하다.

1818–1819 숙부 잘로몬이 하이네를 위해 직물 도매상 "하리 하이네 상사Harry Heine & Comp"를 차려 주었으나 상인으로서의 그의 무능력 때문에 6개월 만에 파산하다.

1819–1820 뒤셀도르프로 돌아와 본 대학교에 입학하다. 본 대학교에서 두 학기를 수강하다. 무엇보다 일반 교양강좌를 수강했는데, 특히 아우구스트 빌헬름 폰 슐레겔August Wilhelm von Schlegel(중세 문학과 운율학)에게 흥미를 갖다. 슐레겔의 권유로 바이런Byron을 번역하다.

1820 아버지가 사업에 실패하다. 평론 〈낭만주의Romantik〉를 쓰다. 비극 《알만조르*Almansor*》를 쓰기 시작하다. 가을, 괴팅겐으로 가다. 겨울, 한 학생에게 권총 결투를 신청하다.

1821 1월, 괴팅겐 대학교로부터 6개월 정학 처분을 받다. 《알만조르》를 《반려*Gesellschafter*》지에 발표하다. 베를린 대

학교에 등록하다. 법학보다는 철학(헤겔Hegel)과 문학 강의를 더 많이 듣다.

1822 베를린에서 또 다른 학생과 결투를 벌이다. 가벼운 부상을 당하다. 9월부터 '공익을 위한 베를린 유대인 문화학술 협회Der Verein für Kultur und Wissenschaft der Juden'(회장: 에두아르트 간스Eduard Gans)의 회원이 되다. 그곳에서 가끔 역사, 프랑스어 그리고 독일어 강의를 하다. 라헬 파른하겐Rahel Varnhagen, 간스, 샤밋소Chamisso, 호프만 폰 팔러스레벤Hoffmann von Fallersleben 등과 교제하다. 폴란드로 여행하다. 자주 신성싱 두통에 시달리다. 이때부터 이 병이 고질적으로 그의 몸에 붙어 다니다. 비극《윌리엄 라트클리프*William Ratcliff*》 집필. 그의 첫 책인《시집*Gedichte*》이 출간되다(그에게 호의적인 임머만Immermann이 이에 대한 서평을 쓰다). 하이네는 괴테Goethe에게 그 책을 보냈으나 아무런 답장도 받지 못한다. 12월, 그랍베Grabbe가 하이네에게 건네준 작품《고트란트 공작*Herzog Gothland*》에 대해서 호의적인 평가를

해 주다.

1823 베를린에서 낭만주의 작가 푸케Fouqué와 만나다. 당시에 푸케의 유명한 시 〈1823년 5월 21일 하인리히 하이네에게An Heinrich Heine am 21. Mai 1823〉가 씌어지다. 봄에 함부르크로 가다. 그곳에서 파른하겐의 여동생 로자 마리아 아싱Rosa Maria Assing과 사귀다. 7월부터 9월까지는 쿡스하펜Cuxhaven에 머물다. 〈서정적 간주곡Tragödien nebst einem lyrischen Intermezzo〉을 쓰다. 〈폴란드 보고Bericht über Polen〉를 발표하다. 괴테에 대한 책을 한 권 쓸 생각을 하다.

1824 마그데부르크, 베를린 체류. 임머만과 교제. 괴팅겐 체류. 법률가로 성공해 보려는 생각을 하다. "이미 상당한 분량에 이른" 《회상록*Memoiren*》을 쓰다. 영국의 시인 월터 스코트Walter Scott의 서사시 《호수의 여인*Lady of the Lake*》을 읽다. 계속해서 운율학과 작시술에 전념하다. 노벨레 《바허라흐의 라비*Rabbi von Bacherach*》를 쓰기 위해 옛 연대기를 발췌하다. 메피스토Mephisto를 주인공

으로 한 《파우스트 박사*Doktor Faust*》를 쓸 계획을 하다. 가을에 하르츠Harz 지방을 거쳐 튀링겐Thüringen 지방으로 도보 여행을 하다. 괴테를 찾아가다. 하이네의 파우스트 집필 계획을 듣고 괴테가 냉소적인 반응을 보이다. 《서른세 편의 시*Dreiunddreißig Gedichte*》를 출간하다.

1825 유대교에서 프로테스탄트교로 개종하다. 세례명은 "크리스티안 요한 하인리히." 이것이 하이네에게는 "유럽 문화로 들어가기 위한 입장권"이었다. 이때부터 "하리"라는 이름 대신 "하인리히"를 쓰다. 괴팅겐 체류. 여름에 법학 시험에 합격하여 괴팅겐 대학교의 후고Hugo 교수로부터 박사 학위를 받다. 6월 20일에 자신의 박사 학위 논문의 주제를 라틴어로 공개적으로 방어하다. 호메로스를 읽다. 겨울에 함부르크에 체류하다. 아말리에의 여동생 테레제 하이네Therese Heine와 불행한 사랑을 하다. 《하르츠 기행*Die Harzreise*》이 구비츠Gubitz가 발행하는 잡지 《반려》에 하이네의 항의에도 불구하고 마음대로 수정된 형태로 발표되다.

1826 함부르크에 체류하다. 영국 작가 스턴Sterne의 작품을 읽다. 5월, 《여행화첩*Reisebilder*》 제1권(연작시 〈귀향Heimkehr〉이 서두에 놓이고 〈하르츠 기행〉과 〈북해Die Nordsee〉의 제1부가 뒤에 놓임)을 펴내다. 대성공을 거두다. 한 권을 괴테에게 보내다. 《여행화첩》 제2권의 집필에 착수하다.

1827 함부르크 체류. 은행가家 로트쉴트Rothschild와 교류하다. 9월, 로텐부르크Rotenburg, 함부르크 체류. 10월, 《노래의 책*Buch der Lieder*》 출간. 11월, 프랑크푸르트에서 장차 그의 논적이 될 뵈르네Börne와 대면하다. 슈투트가르트를 거쳐 뮌헨으로 가다. 《여행화첩》 제2권을 출간하고, 제3권을 계획하다.

1828 뮌헨 체류. 코타Cotta가 발행하는 잡지 《신일반정치연감*Neue Allgemeine Politische Annalen*》의 편집인으로 잠시 일하다. 뮌헨 대학의 교수직을 알아보았으나 실패하다. 로베르트 슈만Robert Schumann과 만나다. 겨울에 베네치아에 들리다. 레오폴트 랑케Leopold Ranke를 찾아가다.

아버지의 죽음으로 엄청난 충격을 받다. 함부르크로 돌아가다.

1829 뤼네부르크, 함부르크 체류. 친구 임머만을 패러디한, 플라텐Platen의 《낭만적인 오이디푸스*Der romantische Ödipus*》에 대한 이야기를 듣다. 임머만을 위해 플라텐에게 복수하기로 결심하다. 연초, 베를린에 머물다. 《여행화첩》 제3권 집필. 멘델스존-바르톨디Mendelssohn-Bartholdy와 교제하다. 라헬 파른하겐 집에서 아르님Arnim과 베티나Betina를 만나다. 여름에는 포츠담에 머물다. 가을에는 함부르크에 머물다. 12월, 《여행화첩》 제3권이 플라텐에 대한 논쟁과 함께 출간되다.

1830 함부르크에 머물다. 7월혁명에 열광하다. L. 빈바르크L. Wienbarg 및 파가니니Paganini와 친교를 맺다. 여름, 헬고란트 방문. 〈헬고란트 서한Briefe aus Helgoland〉을 《뵈르네에 대한 책*Buch über Börne*》에 이용하다. 《여행화첩》 제1권의 2판을 펴내다.

1831 1월, 〈여행화첩의 부록Nachträge zu den Reisebildern〉으로서

《여행화첩》 제4권을 펴내다. 연초에 프랑스 파리로 "자의에 의한 망명"을 하다. 아우구스부르크의 《알게마이네 차이퉁*Allgemeine Zeitung*》으로부터 함께 일하자는 제안을 받다. 극작가 뒤마Dumas, 시인 베랑제Béranger, 여류 소설가 조르주 상드George Sand, 발자크Balzac, 독일 출신의 작곡가 마이어베르Meyerbeer 등과 처음으로 만나다. '프랑스혁명'에 대한 책을 구상하다. 파리에서 논적 뵈르네를 만나다. 그러나 큰 감정을 느끼지 못하다. 《여행화첩》 제2권의 제2판을 펴내다.

1832 하인리히 라우베Heinrich Laube와 서신 교환을 시작하다. 2월, 파리에서 결성된 독일 민족연합 조직인 '결사Association'에 동참하다. 빅토르 위고Victor Hugo를 알게 되다. 그러나 그 이상의 관계 진척은 보지 못하다. 연말에 신랄한 내용의 글 〈프랑스의 상황Französiche Zustände〉을 쓰다.

1833 프란츠 리스트Franz Liszt 그리고 한스 크리스티안 안데르센Hans Christian Andersen과 만나다. 〈독일 현대 문학의

역사에 대하여Zur Geschichte der neueren schönen Literatur in Deutschland〉의 제1, 2부를 발표(1836년에 같은 글이 〈낭만파Die romantische Schule〉라는 제목으로 출간됨).

1834 훗날 부인이 된 마틸데Mathilde를 알게 되다. 11월, 여류 작가 조르주 상드와 우정을 맺다. 임머만과의 서신 교환이 끊어지다. 《여행화첩》의 프랑스어판을 준비하다.

1835 독일 연방회의가 하이네의 저술들에 대해서 금서 조치를 내리다. 당국의 검열이 청년독일파 작가들(라우베, 구츠코Gutzkow)에게까지 확대되다. 《독일*De l' Allemagne*》지가 프랑스에서의 하이네의 인기도를 높여주다. 《살롱*Salon*》의 제2권(〈독일의 종교와 철학의 역사Zur Geschichte der Religion und Philosophie in Deutschland〉가 실림)을 출간하다. 프리드리히 실러Friedrich Schiller의 시들을 읽다. 오른쪽 얼굴에 이미 마비 증세가 시작되다.

1836 눈병이 악화되다. 말기 척추결핵이라는 진단을 받다. 이때부터 프랑스 정부로부터 은급을 받기 시작하다. 괴테의 《파우스트*Faust*》를 프랑스어로 번역한 지라르 드 네

르발Gérard de Nerval과 우정을 맺다. 코타가 발행하는《모르겐블라트*Morgenblatt*》지에 〈피렌체 야화Florentinische Nächte〉를 발표하다.

1837 오른손에 마비 증상이 오기 시작하다. 르 아브르 드 그라스에서 여름 동안 요양하다.《회상록》을 쓰다.《전집》준비를 하다. 생활비가 없어서 10년 기한으로 그의 모든 저술에 대한 출판권을 함부르크의 캄페 출판사에 넘기다.《노래의 책》제2판을 펴내다.《살롱》제3권(〈피렌체 야화〉, 〈정령Elementargeister〉 등이 실림) 출간. 논적 뵈르네가 파리에서 죽다.

1838 셰익스피어를 다시 집중적으로 읽다. 구츠코가 하이네의 새 시집의 출간을 만류하다.

1839 여름, 그랑빌Grandville에서 요양하다. 뵈르네에 대한 책을 쓰려고 하였으나 라우베가 만류하다. 라우베의 집에서 리하르트 바그너Richard Wagner와 만나다. 철학 공부에 열중하다. 〈겨울동화. 셰익스피어의 소녀들과 여자들Wintermärchen. Shakespeares Mädchen und Frauen〉을 쓰다.

《노래의 책》 제3판을 펴내다.

1840 로베르트 슈만이 하이네에게 자신이 작곡한 〈하이네 가곡집Liederkreis von Heine〉(작품 24)을 보내다. 《뵈르네 회고록*Ludwig Börne. Eine Denkschrift*》을 출간하다. 이 때문에 뵈르네 추종자들의 분노를 사다. 《살롱》 제4권(〈바허라흐의 라비〉가 실림) 출간.

1841 8월 31일, 마틸데와 정식으로 결혼하다. 9월, 잘로몬 슈트라우스Salomon Strauß와 권총으로 결투를 벌이다. 하이네가 가벼운 부상을 입다. 리스트 그리고 쇼팽Chopin과 교제하다. 《루테치아*Lutetia*》 지에 리스트에 대한 평론을 싣다. 《노래의 책》 제4판을 펴내다. 헵벨Hebbel이 이 책에 대해서 긍정적인 평을 써 주다.

1842 파리에 온 구츠코가 하이네의 초대를 거절하다. 그것은 하이네가 쓴 뵈르네 책 때문이었다.

1843 마르크스Marx와 뤼게Rüge가 펴낸 《독일-프랑스 연감*Deutsch-Französiche Jahrbücher*》 집필에 참여하다. 당시 쾰른에서 발행하던 〈라인신문Rheinzeitung〉의 주필로 있

던 마르크스와 자주 교류하다. 1월부터 3월까지 《아타 트롤*Atta Troll*》을 집필하다. 〈한 여름밤의 꿈Ein Sommernachtstraum〉이 라우베가 내는 《우아한 세계를 위한 잡지*Zeitschrift für die elegante Welt*》에 실리다. 가을, 헵벨이 그를 찾아오다. 헵벨의 《유디트*Judith*》와 《게노페파*Genoveva*》를 읽다. 헵벨은 이 작품들에 대한 하이네의 긍정적인 평가를 항상 강조하였다. 헵벨의 권고로 하이네가 아내와 함께 예정에 없이 함부르크에 있는 그의 출판업자를 찾아가다. 이것이 파리로 이주한 1831년 이후 처음으로 독일 전역을 여행하는 계기가 된다.

1844 숙부 잘로몬이 죽다. 숙부로부터 꽤 큰 유산을 기대하였으나 약간의 은급밖에 받지 못하게 되자 몹시 실망하다. 두 번째이자 그의 생의 마지막이 된 독일 방문을 하다. 병이 악화되다. 시각 장애가 나타나다. 페르디난트 라살레Ferdinand Lassalle를 알게 되다. 하이네의 시에 대해 나쁜 평을 한 까닭에 라우베와 잠시 사이가 벌어지다. 혁명적 성향의 망명지 《전진*Vorwärts*》에 조그만 풍자

문들을 발표하다(이 잡지에 또한 서사시 〈독일. 겨울동화 Deutschland. Ein Wintermärchen〉가 부분적으로 인쇄되다). 《노래의 책》 제5판(이것이 하이네가 마지막으로 교정한 것이다)을 펴내다. 12월, 《신시집*Neue Gedichte*》과 《독일. 겨울동화》가 출간되다. 대성공을 거두다.

1845 《전진》의 발행이 금지되고, 마르크스가 파리에서 추방되다. 하이네가 한쪽 눈을 실명하다.

1846 《아타 트롤》의 개작 및 확대. 《회상록》을 집필하다. 9월 27일, 첫 번째 유언장을 쓰다. 이 유언장에서 라우베에게 전집 출판을 부탁하다. 몽마르트 묘지에 묻히고 싶다는 뜻을 밝히다. 프리드리히 엥겔스Friedrich Engels가 병든 하이네를 찾아오다.

1847 여름에 몽모랑시Montmorency에 체류하다. 파리에서 증권 위기가 일어나다. 하이네가 그의 재산의 대부분을 잃다. 멘델스존-바르톨디의 죽음을 몹시 슬퍼하다. 《아타 트롤. 서사시*Atta Troll. Ein Epos*》가 책으로 발간되다. 뮌헨에서 일어난 롤라-몬테츠Lola-Montez 사건에 흥미를

느껴《아타 트롤》과 비슷한 종류의 희극시를 구상하다. 《파우스트 박사》를 프랑스어판으로 자비 출판하다.

1848 2월혁명이 발발하다. 시가전을 직접 목격하다. 연금을 다시 받아 보려고 노력하다. 경제적인 어려움을 겪다. 《알게마이네 차이퉁》에다 프랑스혁명에 대한 글을 쓰다. 6월, 두 번째 유언장을 작성하다. 이 유언서에서 자신에 대해 기독교 방식으로 장례를 치르는 것에 대해 반대하다. 루브르 박물관에서 충격적인 밀로Milo의 비너스 체험을 하며 쓰러지다. 병이 악화되다. 부분적인 마비가 오다. 암스테르담 거리에 있는 좀더 작은 집으로 이사하다. 조르주 상드와의 관계가 깨지다. 《여행화첩》 제4판을 펴내다. 《아타 트롤》이 프랑스어판으로 나오다. 대성공을 거두다.

1849 병이 약간 호전되다. 비서의 힘을 빌리지 않고 다시 글을 직접 쓸 수 있게 되다. 독일 땅에 묻히고 싶다는 소망을 자주 피력하다. 이 즈음에 주로 읽은 책: 구약 성경, 신학 서적 및 교회사 관련 서적들; 괴테와 실러의 드라

마(특히《발렌슈타인*Wallenstein*》을 즐겨 읽다),《빌헬름 마이스터*Wilhelm Meister*》,《시와 진실*Dichtung und Wahrheit*》, 라우베의《독일 의회사*Geschichte des deutschen Parlaments*》등. 지라르 드 네르발이 하이네의 〈서정적 간주곡〉과 〈북해〉를 프랑스어로 번역하여 잡지에 싣다. 독일에서는 하이네를 성토하는 목소리가 저널마다 높아지다.

1850 거의 매일《회상록》을 구술하다. 이 책은 지라르 드 네르발의 도움으로 먼저 프랑스어판으로 나올 예정이었다. 원래 계획했던 제목은 "고백"이었다. 타키투스Tacitus와 스타르Stahr의 이탈리아에 대한 책을 읽다. 친구들에게 이제 더 이상 낭만주의자들의 작품을 읽지 않겠다고 말하다(원래는《루친데*Lucinde*》를 다시 한 번 읽을 생각이었다). 인격적인 신에 대한 믿음으로 되돌아오다.《독일. 겨울동화》가 미국에서 벌써 12판을 거듭하다.

1851 함부르크로 이주하려는 생각을 버리지 않다. 불멸이나 접신술(이것은《로만체로*Romanzero*》의 맺음말에 표현되어 있다)에 대해 숙고하다. 함부르크의 출판업자 캄

페Campe가 파리로 와서 《로만체로》를 출간하자고 설득하다. 하이네는 이 작품을 원래는 그의 사후에 출간하도록 할 생각이었다. 10월, 《로만체로》와 무용극 《파우스트 박사》가 책으로 출간되다. 라우베가 그것을 하이네의 뜻에 따라 빈의 궁정 오페라극장에 넘겼으나 극장 측으로부터 거절당하다.

1852 동생 막시밀리안Maximilian이 찾아오다. 1월, 《로만체로》를 수정하지 않은 상태로 제4판을 펴내다. 《신시집》의 수정 제3판을 펴내다. 《하이네 전집》이 파리에서 출간되기 시작하다(전14권으로).

1853 《망명 중인 신들*Die Götter im Exil*》을 발표하다.

1854 《파우스트 박사》를 베를린에 있는 마이어베르에게 보냈으나 거절당하다. 〈아가雅歌Das Hohelied〉와 〈종군 주보 상인 여자의 노래Lied der Marketenderin〉를 발표하다.

1855 마티뇽Matignon 가로 이사하다. 사랑하는 여동생이 파리로 찾아오다. 라우베가 다시 한 번 들르다. 네르발의 자살로 몹시 충격을 받다. 마지막 사랑의 여인인 엘리

제 폰 크리니츠Elise von Krienitz(일명 "무쉬Mouche")가 하이네에게 자주 들르다. 그녀가 성심 성의껏 하이네의 비서 역할을 해 주다. 〈새봄Neuer Frühling〉이 프랑스어로 번역되어 잡지에 실리다.

1856 1월, 시인이자 소설가인 고티에Gautier가 하이네를 찾아오다. 마지막 시 〈시계초Passionsblume〉를 쓰다. 2월 17일 파리 마티뇽가 3번지에서 척추결핵으로 세상을 떠나다. 몽마르트 묘지에 안장되다.

김재혁

시인. 현재 고려대학교 독문학과 교수로 재직 중. 저서로는 《릴케의 예술과 종교성》, 《릴케의 작가정신과 예술적 변용》과 시집 《내 사는 아름다운 동굴에 달이 진다》, 《아버지의 도장》 등이 있으며, 옮긴 책으로는 《릴케전집 1·2》, 《릴케. 영혼의 모험가》, 《책 읽어주는 남자》, 《논쟁에서 이기는 38가지 방법》, 《소유하지 않는 사랑》, 《넙치 1·2》, 《세계의 동화》, 《민들레꽃의 살해》, 《환상동화》, 《젊은 시인에게 보내는 편지》 등과 독역한 《Kerker der Liebe》(오규원의 《사랑의 감옥》) 등이 있다.

회상록 | 고려대학교청소년문학시리즈 006

초판발행 · 1쇄 2008년 2월 25일 | 지은이 하인리히 하이네 | 옮긴이 김재혁

펴낸곳 고려대학교출판부 | www.kupress.com kupress@korea.ac.kr

136-701 서울특별시 성북구 안암동 | Tel 02-3290-4230, 4232 Fax 923-6311

찍은곳 (주)이환 D&B

값 7,000원 ISBN 978-89-7641-646-9 04850 | ISBN 978-89-7641-639-1 (세트)

* 잘못 만들어진 책은 바꿔드립니다.